Annie West

Me enamoré de una princesa

HARLEQUIN™

Editado por HARLEQUIN IBÉRICA, S.A.
Núñez de Balboa, 56
28001 Madrid

© 2014 Annie West
© 2015 Harlequin Ibérica, S.A.
Me enamoré de una princesa, n.º 2385 - 6.5.15
Título original: Damaso Claims His Heir
Publicada originalmente por Mills & Boon®, Ltd., Londres.

I.S.B.N.: 978-84-687-6135-0
Depósito legal: M-3599-2015
Impresión en CPI (Barcelona)
Fecha impresion para Argentina: 2.11.15
Distribuidor exclusivo para España: LOGISTA
Distribuidor para México: CODIPLYRSA
Distribuidores para Argentina: Interior, DGP, S.A. Alvarado 2118.
Cap. Fed./Buenos Aires y Gran Buenos Aires, VACCARO HNOS.

Capítulo 1

DAMASO la miró y se quedó sin aliento.

Él, que había tenido mujeres rendidas a sus pies antes de ganar su primer millón de dólares...

¿Cuándo fue la última vez que una mujer aceleró su pulso?

Había conocido a divas, duquesas y modelos. Aunque al principio habían sido turistas y una memorable bailarina de tango cuyo sinuoso cuerpo y descarada sexualidad había despertado su deseo adolescente. Pero ninguna le había afectado como ella sin hacer el menor esfuerzo.

Por primera vez estaba sola, sin reírse, sin una corte de hombres alrededor. Le sorprendió verla fotografiando flores exóticas, inclinada sobre el suelo, tan concentrada que no oyó sus pasos.

Le molestaba que no se hubiera fijado en él cuando él no podía dejar de mirarla. Lo exasperaba que sus ojos no dejasen de buscarla mientras ella se limitaba a sonreírle como sonreía a todos los demás.

Damaso se acercó un poco más, intrigado. ¿De verdad no lo había oído o estaba intentando llamar su atención? ¿Sabría que él prefería ser el cazador y no la presa?

Las rubias guapas eran algo normal en su mundo. Sin embargo, desde que vio aquel rostro radiante mientras salía empapada haciendo rafting, había sentido algo nuevo, una chispa, una conexión especial.

¿Sería por su energía? ¿Por el brillo de sus ojos mientras arriesgaba el cuello una y otra vez en las furiosas aguas del río? ¿O por esa risa tan sexy que parecía tocar directamente sus partes vitales? Tal vez era el valor de una mujer que no se arredraba ante ningún reto en una excursión diseñada para los más ricos y más temerarios.

–Por fin te encuentro, Marisa. Te he buscado por todas partes –el joven Saltram apareció de repente a su lado.

Bradley Saltram, un genio de la informática que parecía tener dieciocho años, pero que ganaba millones, era como un cachorro grande salivando ante un hueso... aunque el hueso era el estupendo trasero de Marisa.

Damaso iba a dar un paso adelante, pero se detuvo cuando ella giró la cabeza. Desde ese ángulo, veía lo que Saltram no podía ver: Marisa había suspirado como si tuviera que armarse de paciencia antes de hablar con él.

–¡Bradley! Hacía horas que no te veía.

Saltram la tomó del brazo y ella sonrió, coqueta.

Y Damaso tuvo que apretar los dientes para no apartar al joven de un empellón.

Con el pantalón corto y las botas de montaña, sus bien torneadas piernas eran como un banquete para un mendigo hambriento. A su nariz llegaba un olor a limón y manzanas verdes...

¿Cómo era posible? Estaba demasiado lejos para respirar su perfume.

Ella dejó que Saltram la guiase por el escarpado sendero, su larga coleta moviéndose de lado a lado.

Durante una semana, Damaso había querido acariciar esa cascada de oro y descubrir si era tan suave como parecía, pero había mantenido las distancias, cansado de lidiar con mujeres que querían más de lo que él estaba dispuesto a dar.

Pero ella no le haría demandas, le decía una vocecita. Salvo en la cama.

La princesa Marisa de Bengaria tenía fama de ser

exigente con sus amantes. Malcriada desde la infancia, viviendo de las rentas, según las revistas del corazón era temeraria, imprudente y tan lejos de una virginal y tímida princesa como era posible.

Damaso estaba harto de niñas malcriadas, pero sabía que Marisa no se pegaría a él. Ni a nadie.

Flirteaba con todos los hombres del grupo, salvo con él. Y era exactamente lo que necesitaba porque no tenía el menor interés en vírgenes. Un poco de temeridad haría más interesante una corta aventura.

Damaso sonrió mientras caminaba tras ella por el sendero.

Marisa giró la cabeza hacia el chorro de agua, agradeciendo su frescor en medio de aquel calor asfixiante. Le dolían las piernas y los brazos, pero se agarraba con fuerza a la roca sobre la catarata.

Sí, aquello era lo que quería. Perderse a sí misma en el reto de cada momento. Olvidarse de...

−¡Marisa, aquí!

Ella giró la cabeza. Bradley Saltram, a unos metros, la miraba con una sonrisa de triunfo.

−¡Lo has conseguido, me alegro por ti! −Bradley le había confiado su miedo a las alturas y aquello era un triunfo para él. Claro que llevaba un arnés de seguridad y Juan, el guía, no se apartaba de su lado−. Sabía que podías hacerlo.

Pero no era fácil mirar esos ojos febriles de emoción y alegría.

Marisa sintió que se le encogía el corazón. Cuando sonreía de ese modo le recordaba otra sonrisa, tan radiante como el sol. Unos ojos tan claros y brillantes como un cielo de verano, una alegría tan contagiosa que la calentaba por dentro.

Stefan siempre había sido capaz de hacerle olvidar la tristeza con una sonrisa, una broma o alguna aventura. Con él, el mundo infeliz y desaprobador en el que estaban atrapados no le dolía tanto.

Marisa parpadeó, apartando la mirada del joven americano que no sabía el dolor que evocaba.

Con un nudo en la garganta del tamaño del frío y gris palacio real de Bengaria, tenía que hacer un esfuerzo para respirar.

«No, ahora no, aquí no».

Se volvió hacia Bradley, intentando esbozar una sonrisa.

—Nos vemos abajo. Yo voy a seguir subiendo.

Él dijo algo, pero Marisa no lo oyó porque ya estaba moviéndose, buscando un apoyo para los pies en la pared de roca.

Eso era lo que necesitaba: concentrarse en el reto y en las exigencias del momento, olvidando todo lo demás.

Había subido más de lo que pretendía, pero el ritmo de la escalada era tan adictivo que no prestó atención a los gritos de advertencia de Juan, el jefe de la excursión.

El golpe del agua era más fuerte allí, la roca no solo mojada sino chorreando agua, pero el rugido de la catarata la atraía, como si pudiera borrar todas sus emociones.

Un poco más arriba y estaría en el sitio en el que, según la leyenda, un chico valiente se había lanzado al agua en un salto imposible.

Se detuvo, intentando contener la tentación. No de hacerse famosa por un acto de valentía sino de arriesgar su vida, de lanzarse a las garras del olvido.

No quería morir, pero jugar con el peligro era lo que hacía últimamente para sobrevivir, para creer que podría volver a haber alegría en su vida.

El mundo era un sitio gris, el dolor y la soledad insoportables. La gente decía que el dolor pasaba con el tiempo, pero ella no lo creía. Le habían arrancado una mitad, dejando un vacío que nada podía llenar.

El ruido del agua, como el pulso de un animal gigante, se mezclaba con los rápidos latidos de su corazón. Parecía llamarla como Stefan había hecho tantas veces. Cuando cerraba los ojos, casi podía oír su tono burlón...

«Venga, Rissa. No me digas que tienes miedo».

No, ella no tenía miedo a nada salvo a la soledad que la envolvía desde que Stefan murió.

Sin pensar, empezó a subir hacia un saliente, tomándose su tiempo en las traicioneras rocas.

Casi había llegado cuando un ruido la detuvo.

Marisa volvió la cabeza y allí, a su derecha, estaba Damaso Pires, el brasileño al que había evitado desde que empezó la excursión. Algo en su forma de mirarla con esos penetrantes ojos oscuros la turbaba, como si viera a través de lo que Stefan solía llamar su «cara de princesa».

Pero había algo diferente en la mirada de Damaso Pires en ese momento, algo que le recordaba a su tío, el experto en juzgar y condenar a los demás.

Pero entonces esbozó una sonrisa y Marisa se agarró al saliente con todas sus fuerzas.

Esa sonrisa hacía que pareciese un hombre diferente.

Alto, moreno y lacónico, tenía una presencia formidable, un aspecto que llamaba la atención. Marisa había visto a otras mujeres suspirando por él, prácticamente echándose a sus pies, y ella misma lo había mirado subrepticiamente.

Pero cuando sonreía... experimentaba un calor inusitado.

El mojado pelo oscuro pegado al cráneo destacaba

su belleza masculina y su fabulosa estructura ósea. Las gotas de agua que se deslizaban desde el sólido mentón a la fuerte columna de su cuello...

Fue entonces cuando se dio cuenta de que no llevaba casco de seguridad.

Eso era lo que Stefan, siempre temerario, habría hecho. ¿Explicaba eso la repentina conexión con él?

El brasileño enarcó una ceja de ébano, señalando hacia la izquierda.

Juan les había dicho que había un saliente en esa zona y desde allí un camino que bajaba hasta el valle.

El brillo de sus ojos parecía llamarla y Marisa experimentó un escalofrío de inesperado placer, como si reconociese a un alma gemela.

Asintiendo con la cabeza, empezó a subir, agarrándose a la roca con todas sus fuerzas. Él subía tras ella, cada movimiento preciso, metódico, hasta que al final, tuvo que hacer un esfuerzo para no mirarlo. Necesitaba toda su concentración, agotada por completo.

Había llegado casi a la cima y acababa de agarrarse al saliente cuando una mano apareció ante ella. Grande, áspera, pero bien cuidada, con marcas de antiguas cicatrices, parecía una mano en la que cualquiera podría apoyarse.

Marisa levantó la cabeza y, al encontrarse con los ojos oscuros, de nuevo sintió ese escalofrío, ese cosquilleo. Damaso Pires le ofreció su mano, pero vaciló antes de aceptarla, preguntándose por aquel hombre tan diferente al resto. Tan... auténtico.

–Toma mi mano.

Debería estar acostumbrada a ese acento. Había pasado una semana desde que llegó a Sudamérica, pero la voz aterciopelada de Damaso y el brillo seductor de sus ojos hacía que algo se encogiera dentro de ella.

Haciendo un esfuerzo para salir de ese extraño estupor, tomó su mano y vio que esbozaba una sonrisa de satisfacción. Damaso tiró de ella, sin esperar que encontrase un sitio para apoyar los pies...

Ese despliegue de masculinidad no debería hacer que su corazón se acelerase. Había conocido a muchos hombres bien entrenados, pero ninguno de ellos la había hecho sentir tan femenina y deseable como él.

Damaso sostenía su mirada mientras le quitaba el casco. La fuerza del agua movía su pelo empapado... debía tener un aspecto horrible, pero no iba a atusárselo. En lugar de eso, observó aquel rostro de bronce, los altos pómulos, la nariz larga, aquilina, la boca firme, seria, y unos ojos que parecían guardar muchos secretos.

La miraba fijamente, como si la viese a ella de verdad, no a la famosa princesa sino a la mujer que estaba sola, perdida.

Ningún hombre la había mirado así.

Cuando clavó los ojos en su boca tuvo que tragar saliva. No estaba preparada para el deseo que la embargó mientras respiraba su aroma a limpio sudor masculino y algo más, jabón tal vez.

–*Bem vinda, pequenina*. Me alegro de que hayas decidido venir conmigo.

Marisa lo miró con la barbilla levantada. Sus ojos, del azul más puro que había visto nunca, sostenían los suyos sin pestañear. Damaso se excitaba solo con estar a su lado.

¿Cómo sería besarla?

Esa pregunta provocó una emoción extraña.

Marisa no se apartó, pero soltó su mano mientras se volvía para admirar la vista. Era un paisaje fabuloso, la razón por la que miles de personas viajaban a aquel continente. Sin embargo, Damaso sospechaba que era una excusa para evitar su mirada.

Demasiado tarde. Sabía que ella sentía lo mismo.

Había reconocido el brillo de deseo en sus ojos y no seguirían evitándose el uno al otro.

–¿Qué hacías antes, en la catarata? –la pregunta parecía una acusación, aunque no era eso lo que pretendía. Tal vez por el recuerdo del miedo que lo había hecho escalar tras ella, sin molestarse en ponerse un casco.

Había algo en su manera de escalar, una extraña determinación, como si no le importase el peligro. Como si lo buscase.

¿Por qué?

En el brillo de sus ojos había una premonición de peligro...

Damaso tenía instinto para el peligro en todas sus formas y no le había gustado el brillo en los ojos de la princesa.

–Estaba admirando el paisaje –respondió, con tono despreocupado, como si no acabara de arriesgar su vida en uno de los barrancos más peligrosos del país–. Recordé que Juan había hablado de ese chico que se lanzó al agua...

Damaso había abierto la boca para recordarle lo peligroso que era cuando notó los tensos músculos de su cuello, su rígida postura. Era como un soldado en un desfile.

¿O una princesa zafándose de preguntas impertinentes?

Tenía mucho que aprender si pensaba que iba a ser tan fácil librarse de él.

Damaso levantó una mano para acariciar su pelo dorado.

Era más suave de lo que había imaginado.

–La selva parece interminable –dijo Marisa, con voz ronca.

Y Damaso sonrió.

–Se tardan días en recorrerla y eso si no te pierdes

–murmuró, apartando un mechón de pelo de su frente. Su piel era tan suave que le gustaría acariciarla por todas partes, aprender su cuerpo por el tacto antes de probarlo con el resto de sus sentidos.

El pulso temblaba en la base de su cuello, como una mariposa atrapada en una red.

Ella levantó la cabeza entonces y Damaso se vio atrapado en unos ojos de color azul zafiro.

–¿Conoce bien la selva, señor Pires?

Parecía lo que era, una princesa charlando con un cortesano, su tono ligero, amable. Pero la fría capa de cortesía solo servía para destacar a la mujer sexy que era. Que tuviese el pelo mojado, sin una gota de maquillaje, como una mujer recién levantada de la cama, añadía un toque picante.

Damaso se quemaba solo con mirarla.

Y ella lo sabía. Estaba allí, en sus ojos.

–Vivo en la ciudad, Alteza, pero vengo a la selva siempre que puedo –Damaso se tomaba un mes de vacaciones al año, siempre en algún resort de su compañía. En aquella ocasión había elegido algo que estaba muy de moda: vacaciones de aventura.

Y tenía la impresión de que la aventura estaba a punto de empezar.

–Marisa, por favor. Alteza suena tan pomposo –le dijo, con un brillo de humor en los ojos.

–Marisa entonces –asintió él. Le gustaba cómo sonaba su nombre, femenino e intrigante–. Yo soy Damaso.

–No conozco bien Sudamérica, Damaso –la pausa que hizo después de pronunciar su nombre hizo que sintiera un escalofrío de anticipación. ¿Sonaría tan fría y compuesta cuando la tuviese desnuda en su cama? No, seguro que no–. Aún tengo que visitar muchas ciudades –Marisa alargó una mano para apartar una hojita de su cuello, el roce de sus dedos dejándolo sin aliento.

Sus ojos le decían que el roce había sido deliberado.

«Ah, una sirena».

—El sitio en el que nací no está entre los lugares de interés turístico.

—¿Ah, no? Me sorprende. He oído que eres una leyenda en el mundo de los negocios. Imagino que tarde o temprano alguien pondrá un cartel diciendo *Damaso Pires nació aquí*.

Él apartó una brizna de hierba de su pelo, jugando con ella entre los dedos. No iba a decirle que nadie sabía dónde había nacido o que ni siquiera había tenido un techo sobre su cabeza.

—Yo no nací entre algodones.

Ella frunció los labios y Damaso se preguntó si habría cometido un error al decir eso. Pero enseguida esbozó una sonrisa.

—No se lo digas a nadie, pero nacer entre algodones no es tan maravilloso como la gente cree.

Damaso capturó su mano y los dos se quedaron en silencio, un silencio cargado de promesas. Ella no apartó la mirada, no se mostró tímida o cortada.

—Me gusta cómo te enfrentas con los retos —admitió, antes de fruncir el ceño. Normalmente, él elegía sus palabras con cuidado, no hablaba sin pensar.

—Y a mí me gusta que no te importe mi estatus social.

Damaso acarició su mano con el pulgar. Le gustaba que no intentase fingir desinterés porque el delicado equilibrio añadía una tensión deliciosa al momento.

—No es tu título lo que me interesa, Marisa.

Su nombre sabía mejor cada vez que lo pronunciaba. Damaso se inclinó hacia delante, pero se detuvo a tiempo. Aquel no era el sitio.

—No sabes cuánto me alegra oír eso —Marisa puso las manos en la pechera de su camisa y su corazón se volvió loco. Era como si lo hubiera marcado.

La deseaba en aquel mismo instante y, a juzgar por su agitada respiración, ella sentía lo mismo.

Quería tomarla allí mismo, pero el instinto le decía que necesitaría algo más que un encuentro rápido para satisfacer su ansia.

¿Cómo había logrado resistirse durante toda una semana?

–Tal vez, mientras bajamos, podrías decirme en qué estás interesado exactamente.

Damaso tomó su mano y cuando Marisa enredó los dedos con los suyos el placer que experimentó casi le parecía inocente.

¿Cuándo fue la última vez que agarró a una mujer de la mano?

Marisa se secaba el pelo con una toalla, mirando el patio privado de su suite en el lujoso resort, observando a unas mariposas que volaban entre las hojas de un arbusto.

Debería estar imaginando cómo iba a capturarlas con su cámara, pero solo podía pensar en Damaso Pires, en el roce de su mano mientras bajaban por el camino y en la sensación de pérdida cuando la soltó al reunirse con los demás. En cómo su ardiente mirada parecía desnudarla.

Era lógico que lo hubiese evitado hasta ese momento.

Pero lo deseaba. Ella, que había aprendido a desconfiar del deseo. Sin embargo, aquello era algo nuevo. Con Damaso Pires sentía un lazo especial, casi un reconocimiento, algo que no había experimentado nunca. Le recordaba lo que había habido entre Stefan y ella.

Suspirando, sacudió la cabeza. ¿El dolor empañaba sus pensamientos?

Ni el cansancio ni el peligro lograban borrar el dolor.

Desde la muerte de Stefan había vivido en un mundo gris... hasta que Damaso le ofreció su mano.

¿Podía hacerlo? ¿Podía entregarse a un extraño? A pesar de lo que creía mucha gente, ella no era la devoradora de hombres que describía la prensa.

Entonces recordó lo que había sentido mientras hablaba con él, cómo sus cuerpos parecían comunicarse sutilmente con un lenguaje tan antiguo como el sexo.

Se había sentido feliz, excitada, la horrible sensación de soledad había desaparecido estando con él. Se había sentido viva.

Sonó un golpecito en la puerta y Marisa se miró en el espejo. Descalza, con el pelo mojado cayendo por su espalda y el rostro limpio de maquillaje no parecía la princesa que era.

¿Querría Damaso a la mujer real? Durante un momento de cobardía, quiso fingir que no había oído el golpecito en la puerta. Se había arriesgando antes con otros hombres y siempre había sido una desilusión. Más que eso, se había sentido herida por su egoísmo...

De nuevo sonó un golpecito en la puerta y Marisa saltó de la silla.

Tenía que enfrentarse con Damaso. Por primera vez en años se atrevía a arriesgarse. El lazo que había entre ellos era tan intenso, tan profundo que quería confiar en él. Necesitaba desesperadamente no estar sola.

Su corazón latía con fuerza mientras abría la puerta. Damaso llenaba el umbral, sus ojos tan oscuros y hambrientos que se le encogió el estómago.

Sin decir nada, Damaso entró en la habitación y cerró la puerta tras él sin dejar de mirarla a los ojos.

–Querida –la palabra era como una caricia. Si estaba decepcionado porque no se había arreglado, no lo demostraba. Al contrario, en sus ojos había un brillo de aprobación–. ¿No has cambiado de opinión?

–¿Y tú? –le preguntó ella, irguiendo los hombros.

–¿Cómo iba a hacerlo? –respondió Damaso, con una sonrisa más devastadora que ninguna otra.

Y cuando inclinó la cabeza para buscar sus labios el mundo desapareció.

Capítulo 2

–*Maldiçao!* Lo que me haces... –Damaso besaba ardientemente su cuello, la ronca voz masculina llegándole hasta los huesos.

Marisa sintió un escalofrío.

Nunca se había sentido tan vulnerable, tan desnuda. Como si estar con Damaso le hubiera arrancado el escudo protector que había erigido entre ella y el mundo hostil.

Y, sin embargo, eso no la asustaba. Con Damaso no tenía miedo.

Marisa apretó su espalda desnuda, húmeda de sudor, mientras intentaba recuperar el aliento. Le gustaba sentir el peso de su cuerpo, el roce de las fuertes y peludas piernas que la aprisionaban.

Damaso se había tomado su tiempo para seducirla. Era un amante generoso, incluso paciente cuando un nerviosismo inesperado hizo que se quedase rígida entre sus brazos.

Marisa se había sentido mortificada, convencida de que él lo interpretaría como un rechazo cuando no lo era. En lugar de eso, Damaso la había mirado a los ojos en silencio, sonriendo antes de explorar cada zona erógena de su cuerpo.

Estar entre sus brazos era...

–Peso demasiado. Lo siento –se disculpó.

Antes de que Marisa pudiese protestar se tumbó de espaldas, llevándola con él. Y ella no se apartó ni un centímetro. Necesitaba el contacto piel con piel al que se había hecho adicta durante la noche.

Marisa sonrió, medio dormida. Había tenido razón, Damaso era diferente. La hacía sentir como una mujer nueva, llena de vida.

–¿Estás bien?

Le encantaba su voz, como rico chocolate. Nunca había conocido a un hombre con una voz tan sensual.

–Nunca he estado mejor –Marisa sonrió de nuevo, besando su ancho torso. Sabía a sal y a algo indefinible que era simplemente Damaso.

Él contuvo el aliento y eso la hizo sonreír de nuevo. Podría quedarse allí para siempre.

–¡Bruja!

Riendo, empujó sus hombros hacia atrás. Después de haber estado pegada al horno que era su cuerpo, el aire fresco del amanecer le parecía helado y abrió la boca para protestar, pero Damaso ya estaba levantándose de la cama.

Movió una mano para llamarlo, pero la dejó caer sobre la sábana. Volvería cuando hubiese tirado el preservativo y luego podrían dormir uno en brazos de otro.

Marisa se abrazó a una almohada para compensar la pérdida y, enterrando en ella la nariz, respiró su aroma.

Aún tenían una semana de vacaciones. Una semana para conocerse mejor. La potente atracción que había entre ellos los había llevado directamente a la cama, saltándose los pasos normales de una relación.

La promesa del placer que estaba por llegar era increíble. ¿Quién hubiera imaginado que podría sentirse tan bien cuando el día anterior...?

Marisa sacudió la cabeza, decidida a disfrutar del optimismo que la embargaba después de tanto tiempo hundida en un pozo negro de tristeza.

Estaba deseando saber más cosas de Damaso: qué lo

hacía reír, qué hacía cuando no estaba dedicado a amasar lo que alguien del grupo había llamado «la fortuna más grande de Sudamérica».

Un ruido hizo que levantase la cabeza. Damaso estaba en el quicio de la puerta, mirándola, iluminado por las primeras luces del alba.

Alto, de hombros anchos, abdomen duro como una piedra y muslos como columnas, el vello oscuro que cubría su torso se perdía entre sus piernas. Marisa lo miraba con los ojos entrecerrados. Estaba increíblemente bien dotado y parecía listo para...

–Duerme, querida –la voz de Damaso interrumpió sus pensamientos– ha sido una noche muy larga.

Marisa pasó una mano por el sitio vacío a su lado.

–Cuando vuelvas a la cama.

Dormiría mejor con él allí, abrazándola como antes. No era sexo lo que quería sino su compañía, la rara sensación de bienestar que él había creado.

Pero Damaso se quedó donde estaba, inmóvil, y Marisa empezó a asustarse. Incluso estuvo a punto de taparse con la sábana. No se había avergonzado de su desnudez cuando la miraba con un brillo de admiración en los ojos, de adoración incluso. Pero aquello era diferente. Su mirada era impenetrable y tenía el ceño fruncido...

El silencio se alargó y Marisa tuvo que apretar los puños para no cubrirse con la sábana.

Por fin, respirando profundamente, Damaso se inclinó para tomar algo del suelo. Sus vaqueros.

–Te marchas –murmuró, casi sin voz.

Sentía como si le estuvieran arrancando el corazón.

Sus miradas se encontraron, la de él impenetrable. El brillo de admiración había desaparecido. En sus ojos no había nada.

–Está amaneciendo –Damaso miró hacia la ventana.

–Aún faltan un par de horas para que los demás despierten.

No sabía cómo podía hablar con tanta calma cuando lo que quería era levantarse de la cama y echarse en sus brazos, suplicarle que se quedase.

Suplicarle... ella, que no había suplicado en toda su vida.

El orgullo había sido uno de sus mejores aliados. Después de años soportando la desaprobación de su familia y las acusaciones de la prensa solo le quedaba el orgullo, pero en aquel momento sentía la tentación de olvidarse incluso de eso para retenerlo.

–Por eso deberías dormir un rato.

Ella parpadeó, desconcertada ante el tono de advertencia. Sentía como si hubiese nadado mar adentro y, de repente, se encontrase a kilómetros de la playa.

Sentía que le ardía la cara mientras Damaso la miraba. ¿Había un brillo de pesar en sus ojos?

–Es mejor que me vaya.

Ella iba a protestar, pero no lo hizo. Quizá estaba intentando protegerla de los cotilleos... pero como no habían acudido a la cena la noche anterior, seguramente era demasiado tarde para eso.

–Entonces, nos veremos durante el desayuno –Marisa se sentó en la cama, intentando sonreír. Habría tiempo suficiente para estar juntos durante la siguiente semana.

–No, eso no será posible –Damaso terminó de abrochar los botones de su camisa y se acercó a la mesilla.

–¿No?

–Mira, Marisa –empezó a decir él, mientras se ponía el reloj– lo de anoche fue fabuloso. Tú eres fabulosa, pero nunca te prometí flores y corazoncitos.

Indignada, ella irguió los hombros.

–No creo que desayunar juntos tenga nada que ver

con flores y corazoncitos –le espetó, cubriéndose con la sábana. Al menos así no estaría tan desnuda.

–Tú sabes lo que quiero decir –Damaso apartó la mirada y Marisa se alegró de haber roto esa fachada de suprema seguridad.

–No, no lo sé –respondió con aparente despreocupación, aunque por dentro estaba derrumbándose.

–No tenemos ningún compromiso –Damaso hizo una mueca en cuanto pronunció esas palabras. Como despedida, era la peor posible.

–Yo no te he pedido ninguno –se apresuró a replicar ella.

–Claro que no. Tú no eres ese tipo de mujer, por eso lo de anoche fue perfecto.

–¿A qué tipo de mujer te refieres?

–El tipo de mujer que cree que una noche significa toda una vida juntos.

Sus ojos se encontraron de nuevo y Marisa sintió la fuerza del deseo como un golpe en el pecho. Aunque estaba rechazándola, había chispas en el aire. No podía estar imaginándolo. Sin embargo, su expresión seria le decía que estaba dispuesto a ignorarlo.

Y ella soñando que aquella noche era el principio de algo especial, que después de una vida entera besando ranas y encontrando solo ranas, por fin había un hombre que la apreciaba por sí misma.

Debería haber imaginado que no sería así. Porque tal hombre no existía.

–¿Qué ha significado para ti, Damaso? –le preguntó.

–¿Perdona?

Parecía perplejo, como si ninguna mujer se hubiese atrevido a plantarle cara, pero Damaso Pires era un hombre inteligente y sabía muy bien lo que estaba preguntando.

–En fin, da igual. Está claro que no te interesa –Marisa contuvo el aliento, esperando estar equivocada, esperando que no solo hubiera sido sexo.

Lo deseaba tanto que, sin darse cuenta, estaba apretando los puños, clavándose las uñas en las palmas.

–Esto no puede ir a ningún sitio. No tiene sentido complicar más las cosas.

¿Complicar las cosas? Eso era lo que decían los hombres para denigrar algo que los hacía sentir incómodos.

–Entonces, por curiosidad: ¿qué fue lo de anoche para ti? ¿Hiciste una apuesta con los otros para llevarme a la cama?

–¡Claro que no! ¿Qué clase de hombre crees que soy?

Marisa enarcó una ceja.

–No lo sé, esa es la cuestión.

Lamentaba el impulso que la hizo acostarse con él. Había estado tan segura de haber encontrado a un hombre que no tenía una agenda oculta. ¿Cuántas veces tendría que aprender esa lección?, se preguntó, con una amargura que la ahogaba.

–Es porque soy una princesa, ¿verdad? ¿Nunca te habías acostado con alguien de sangre real y te parecía un reto?

–¿Por qué estás siendo deliberadamente insultante?

¿Y no era insultante que la apartase de su lado después de haber conseguido lo que quería sin darle los buenos días siquiera?

Marisa tuvo que tragar saliva para calmarse. No iba a darle la satisfacción de ver cuánto le dolía aquello. Por fin había confiado en un hombre y...

Por eso vaciló cuando le ofreció su mano. Si hubiera hecho caso de su instinto, si no lo hubiera tocado...

–Solo quería aclarar las cosas –dijo, levántandose, envuelta en la sábana.

–Ha sido sexo, solo eso –de repente, en sus ojos ha-

bía un brillo de furiosa energía–. ¿Es lo que querías escuchar?

–Muy bien, ya ha quedado bastante claro.

Marisa se preguntó por qué le daba tanta importancia
a lo que solo era una atracción física.

¿Porque estaba necesitada?

¿Porque estaba sola?

Qué patética era. Tal vez su tío tenía razón después
de todo.

–¿Marisa?

Cuando levantó la mirada vio un brillo de preocupación en las facciones masculinas. Incluso había dado un
paso adelante, como para tomarla del brazo.

Pero ella no necesitaba la compasión de nadie, especialmente la de aquel hombre, que la había visto perfecta solo para una noche. Sin duda habría pensado que
no le importaría acostarse con él y luego decirle adiós
como si no hubiera pasado nada.

Marisa sintió un dolor entre las costillas y tuvo que
hacer un esfuerzo para no llevarse la mano al costado,
doblándose por la fuerza del golpe.

–Si has terminado, puedes marcharte. Yo necesito
darme una larga ducha caliente –Marisa miró la puerta
del baño. Ojalá borrar el dolor fuese tan fácil como borrar el olor de Damaso de su piel–. Y no te preocupes,
no te buscaré durante el desayuno.

–No estaré aquí. Me marcho.

Marisa parpadeó, sorprendida. De modo que nunca
había habido una oportunidad para ellos. Damaso pensaba irse al día siguiente y no había tenido la decencia
de decírselo. Eso dejaba bien claros sus sentimientos.

Nunca se había sentido tan dolida, tan desdeñada...
desde que Andreas admitió haber apostado con sus amigos que era capaz de llevársela a la cama.

Marisa se detuvo en la puerta del baño, agarrándose

al picaporte para buscar apoyo, y miró por encima de su hombro.

Damaso no se había movido y la miraba con el ceño fruncido, aunque eso no disminuía el magnetismo de sus hermosas facciones.

Pero cuando abrió la boca para decir algo, Marisa supo que no podría soportar otro rechazo.

–Me pregunto si esto ha sido una muesca más en tu cabecero o en el mío –dijo con voz ronca.

Y luego, arrastrando la sábana como solo podía hacerlo alguien acostumbrado a llevar largos vestidos de noche, entró en el baño y cerró la puerta tras ella.

–Es un placer volver a verlo, señor Pires –el gerente del hotel sonreía mientras Damaso miraba con gesto de aprobación el amplio vestíbulo, la mezcla de piedra local, madera y cristal que daba al hotel de montaña un aire de lujo moderno y refinado.

Había hecho bien en financiarlo, a pesar de los problemas de construir en aquel sitio. Seis meses después de la inauguración se había convertido en una meca para viajeros de lujo que querían experimentar algo diferente.

Tras los enormes ventanales, la vista era fabulosa. El sol iluminaba los picos de los Andes, con su blanco manto. Y debajo, la superficie turquesa del glaciar recibía los últimos rayos del sol.

–Su suite está por aquí –el gerente hizo un gesto para que lo precediese.

–La encontraré yo mismo, gracias –Damaso no dejaba de mirar el impresionante paisaje.

–Muy bien, como quiera. Ya habrán subido su equipaje.

Damaso asintió con la cabeza, distraído. Algo en aquel sitio, tal vez la sensación de estar tan arriba, sobre el resto del mundo, lo atraía. No era sorprendente, ya que había trabajado como un demonio durante el último mes.

Pero por frenéticos que fueran sus días y cortas sus noches, Damaso no encontraba el acostumbrado placer en dirigir y levantar su imperio.

Algo daba vueltas en su cabeza; una insatisfacción que no tenía ni tiempo ni inclinación para identificar.

Tal vez podría tomar una copa antes de cenar, pensó. Tenía toda una noche por delante con su ordenador antes de la inspección y las reuniones del día siguiente.

Pero cuando entró en el bar fue recibido por una risa contagiosa y atractiva que lo dejó sin aliento.

Su pulso se aceleró de repente.

Conocía esa risa.

Marisa.

Allí estaba, con el pelo dorado cayendo sobre los hombros, su sonrisa una pura invitación para los hombres que la rodeaban. Sus ojos bailaban mientras se inclinaba hacia ellos, como haciéndoles confidencias. Damaso no podía oír lo que estaba diciendo porque su pulso acelerado lo ensordecía.

Pero a sus ojos no les pasaba nada y admiró el vestido negro que abrazaba sus curvas. El contraste entre la tela negra y las bien torneadas piernas haría que cualquier hombre babease.

Él lo sabía bien porque había pasado horas explorando esas piernas... y cada centímetro de su hermoso cuerpo. Todo en ella lo excitaba, incluso su espalda le parecía deliciosa. *Ella* le parecía deliciosa.

Antes de que su cerebro volviese a funcionar con normalidad se encontró dando un paso adelante. ¿Qué iba a hacer, tomarla del brazo y apartarla de sus fans? ¿Echársela al hombro para llevarla a su habitación?

Un sonoro «sí» resonó en todo su ser.

Y eso lo detuvo.

Había habido una razón de peso para dejarla tan abruptamente un mes antes.

¿Dejarla? Prácticamente había salido corriendo.

No tenía nada que ver con reuniones de trabajo y sí con lo que lo hacía sentir; no solo deseo sino algo mucho más grande, algo sin precedentes.

Se había levantado de la cama con la intención de volver a ella, pero entonces se había dado cuenta de que por primera vez en su vida no había ningún otro sitio en el que quisiera estar.

Y esa idea era tan extraña para él, tan aterradora.

Fue entonces cuando decidió pedir el helicóptero para volver a la ciudad. No había sido su mejor momento, debía reconocerlo. Incluso con su reputación de donjuán, normalmente solía ser más fino dejando a una amante.

Una parte de él lamentaba haberla dejado después de una sola noche porque lo que había ocurrido entre ellos había sido asombroso.

La risa de Marisa llegó de nuevo a sus oídos y Damaso se dio la vuelta para salir del bar.

Una vez era suficiente con cualquier mujer. Aquella reacción a la princesa Marisa de Bengaria era una anomalía que debía controlar. Él no mantenía relaciones, no podía hacerlo y nada cambiaría eso.

Marisa no era nada para él, solo otra mujer.

¿Se habría ido a casa después de las vacaciones en la selva? Seguro que no. Debía vivir en hoteles exclusivos a expensas de las arcas de su país, con amantes nuevos en todas partes.

Damaso apretó los dientes, acelerando el paso.

Una empleada del hotel llamó a la puerta de la sala de juntas y asomó la cabeza con gesto de preocupación.

–Lamento interrumpir –se disculpó, mirando de unos a otros–. Una de las clientes se ha puesto enferma en las pistas de esquí. Están a punto de llegar.

–¿Se ha puesto enferma o se ha caído? –le preguntó el gerente, con tono preocupado. Enfermar era una cosa, tener un accidente en las pistas del hotel, otra muy diferente.

–Parece que es un mareo. Se trata de la princesa Marisa de Bengaria, por eso he venido a avisarlo.

–¿Ha llamado al médico? –Damaso se levantó de un salto.

–No se preocupe, tenemos un médico en el hotel –se apresuró a decir el gerente–. Lo mejor para nuestros clientes, como usted sabe bien.

Por supuesto que lo sabía. Eso era lo que diferenciaba sus hoteles de los demás hoteles de lujo, la atención al detalle y el mejor de los servicios.

–El médico la examinará en cuanto llegue –dijo el gerente, haciéndole un gesto a la empleada para que saliera de la sala de juntas.

Damaso volvió a sentarse, pero había perdido la concentración. Durante la siguiente media hora tuvo que hacer un esfuerzo para concentrarse en los beneficios, proyectos y problemas hasta que, por fin, decidió rendirse.

–Tengo algo urgente que hacer –se disculpó mientras se levantaba de la silla–. Sigan ustedes.

Sabía que estaba portándose de una forma inexplicable. ¿Desde cuándo Damaso Pires delegaba en nadie algo que podía hacer él mismo? Especialmente después de haber cruzado el continente para acudir en persona a esa reunión.

Quince minutos después recorría el silencioso pasillo siguiendo a una nerviosa empleada.

–Esta es la suite de la princesa –la mujer llamó a una

puerta con intricados picaportes de cristal tallado a mano, pero no hubo respuesta y Damaso la empujó. Estaba abierta.

–Soy amigo de la princesa –pasando por alto la mirada suspicaz de la mujer, entró en la suite y cerró la puerta tras él.

«Amigo» no describía su relación con Marisa. Ellos no tenían una relación, pero, curiosamente, no era capaz de concentrarse en el asunto que lo había llevado allí hasta que comprobase por sí mismo que estaba bien.

El salón estaba desierto, pero la puerta que lo conectaba con el dormitorio estaba entreabierta y al otro lado escuchó el murmullo de una voz femenina, seguida de la voz de un hombre:

–¿Es posible que esté embarazada?

Capítulo 3

¡NO! –exclamó Marisa, estupefacta, mirando al médico–. No estoy embarazada.

¿Ella, embarazada? ¿Por qué iba a traer un niño al mundo cuando no era capaz de poner su propia vida en orden?

Podía imaginar la cara horrorizada de su tío. La impulsiva e irresponsable Marisa, que desperdiciaba su vida en intereses absurdos en lugar de hacer el papel para el que había nacido. Aunque no tenía fe en que pudiese hacer ese papel.

–¿Está segura? –la mirada del médico era tan penetrante que Marisa sintió que le ardía la cara.

–En fin, supongo que es posible –murmuró–. Pero solo fue una noche.

–Solo hace falta una noche –dijo el médico.

Marisa sacudió la cabeza.

–No, no puede ser. Usamos preservativos –el rubor en sus mejillas se extendió al resto de su cuerpo. No por admitir que había estado con un hombre. Después de todo, tenía veinticinco años, no era una niña.

No, el rubor era por el recuerdo de cuántos preservativos habían usado, de lo insaciables que habían sido. Hasta que Damaso dijo que no quería saber nada de ella.

–Los preservativos no son efectivos al cien por cien –le recordó el médico–. ¿No usa otro método anticonceptivo?

–No –Marisa hizo una mueca. Todos esos años tomando la píldora mientras entrenaba y de repente... tal vez debería haber seguido tomándola.

–Perdone que le pregunte, ¿pero cuándo fue esa noche de la que habla?

–Hace un mes. Un mes y un día exactamente –su voz sonaba ridículamente ronca y tuvo que aclararse la garganta. Sus periodos no eran regulares, de modo que podría ser un error–. Tiene que ser el mal de altura, eso es lo que ha pensado el guía.

–No lo creo –dijo el médico.

Marisa abrió la boca para discutir, pero estaba demasiado cansada. Cuanto antes demostrase que estaba equivocado, antes le daría algo para el mareo.

A regañadientes, tomó la prueba que le ofrecía y se dirigió al baño... pero tuvo que agarrarse al quicio de la puerta porque de repente la habitación empezó a dar vueltas.

Damaso no sabía qué le sorprendía más, la posibilidad de que Marisa estuviese embarazada o que él hubiera sido su único amante en el último mes. Si había que creer lo que decían las revistas del corazón, Marisa no tenía escrúpulos para saltar de cama en cama.

Por eso se quedó donde estaba, escuchando la conversación. Espiar no era su estilo, pero no era tonto y sabía que su dinero lo convertía en objetivo para muchas buscavidas. Una demanda de paternidad podía ser muy lucrativa y él no era la presa de nadie.

Pero entonces recordó el tono sorprendido de Marisa. No estaba fingiendo. Incluso había un temblor en su voz ante la idea de un embarazo no deseado.

Un mes y un día, había dicho. Eso significaba que el bebé que esperaba era hijo suyo.

Él siempre había tomado precauciones y era inconcebible pensar que hubiesen fallado. Y más inconcebible aún que fuese a tener un hijo.

Solo casi desde su nacimiento, Damaso había convertido lo que debería ser una debilidad en su mayor fortaleza: la autosuficiencia. No tenía a nadie y no necesitaba a nadie. Siempre había sido así y no pensaba cambiar.

Nervioso, se pasó una mano por el pelo. Debería habérselo cortado el mes anterior, pero se había lanzado al trabajo con tal dedicación que no había tenido tiempo para nada más.

«Un mes y un día».

Se le encogía el estómago al pensarlo.

Un murmullo de voces hizo que volviese a mirar hacia la puerta de la habitación, pero, cuando estaba a punto de entrar, la voz masculina confirmó sus sospechas:

—Ah, esto lo confirma, Alteza. Está esperando un hijo.

Frente a la ventana, Marisa se abrazó a sí misma mientras miraba las cimas cubiertas de nieve blanca que el último sol de la tarde convertía en color rosa chicle, suave melocotón y azul turquesa. Las montañas parecían llamarla, pero era una invitación que no podía aceptar. No podría seguir escalando ni haciendo paracaidismo o rafting si estaba embarazada. Todas las actividades que usaba para olvidar su soledad estaban prohibidas a partir de ese momento.

Por enésima vez, se llevó una mano al abdomen, maravillándose ante la idea de tener una vida dentro de ella.

¿Podría estar equivocado el médico?

Se encontraba bien, solo un poco mareada. Pero no sentía que estuviese esperando un hijo.

Iría a la ciudad para hacerse otra prueba. Después de todo, podría haber sido un falso positivo. Había oído que a veces ocurría.

No sabía si esperar que fuese un error o lo contrario. Estaba demasiado sorprendida para saber lo que sentía.

Pero una cosa era segura: no iba a criar a su hijo en el palacio real de Bengaria. Lo protegería como una leona a su cachorro.

—Perdone, señora —una sonriente empleada la miraba desde la puerta de la terraza—. Le he traído un té. Y el chef le ha hecho unas galletitas de sésamo —la mujer levantó la bandeja que llevaba en las manos y Marisa esbozó una sonrisa. No había comido nada desde el desayuno, temiendo que volviesen las náuseas.

—Yo no he pedido nada.

—Es un detalle del hotel, señora —la mujer vaciló un momento antes de dejar la bandeja sobre la mesa.

—Gracias, muy amable —Marisa miró las galletas, sorprendida. El médico debía haberlas pedido en la cocina.

Suspirando, se sentó frente a la mesa y, un momento después, la empleada volvió con una manta.

—Hace fresco aquí.

Marisa asintió con la cabeza, sintiéndose ridículamente emocionada. ¿Cuándo fue la última vez que alguien la atendió tan cariñosamente? Incluso Stefan, que la adoraba, jamás se había preocupado tanto por ella.

Marisa parpadeó, intentando sonreír mientras la empleada servía el aromático té.

—¿Necesita algo más, señora?

—Nada, gracias —respondió Marisa, con voz ronca—. Por favor, dele las gracias al chef de mi parte.

Sola de nuevo, tomó un sorbo de té y mordió una galleta. Afortunadamente, su estómago no se rebeló.

Tenía que hacer planes. Primero, un viaje a Lima para hacerse otra prueba. Luego... no se le ocurría qué hacer después.

No podría soportar volver a su villa en Bengaria. Los

recuerdos de Stefan le romperían el corazón y, además, la villa pertenecía a la Corona. Stefan ya no estaba, todo era de su tío y ella se negaba a vivir como una pensionista. Su tío le exigiría que residiese en palacio, donde podría vigilarla...

Habían discutido sobre eso cuando Stefan acababa de morir.

Marisa se envolvió en la manta. Tendría que encontrar un nuevo hogar. ¿Pero dónde?

Bengaria estaba fuera de la cuestión porque allí sus movimientos eran espiados. Había vivido en Francia, en Estados Unidos y Suiza mientras era estudiante, pero ninguno de esos sitios era su hogar.

Marisa tomó un sorbo de té y mordió otra galleta, asustada. Ella no sabía nada sobre ser madre y, si no tenía cuidado, la prensa podría convertir el embarazo en un circo.

En fin, lidiaría con el asunto cuando tuviese que hacerlo, esperando tener más éxito que en el pasado.

–¿Marisa?

Ella levantó la cabeza al escuchar la voz que no había esperado volver a escuchar en toda su vida.

Era él, Damaso Pires, sus facciones tan serias que parecían esculpidas en bronce. El pelo negro caía sobre su frente, pero eso no conseguía suavizarlas.

–¿Qué haces aquí? –le espetó, dejando la taza sobre la mesa–. ¿Cómo has entrado en mi habitación?

–He llamado, pero no he recibido respuesta.

–Normalmente, eso quiere decir que la persona que está dentro no quiere ver a nadie –replicó ella, haciendo un esfuerzo para levantarse sin perder el equilibrio–. Lo repito, señor Pires: ¿qué hace aquí? –Marisa se cruzó de brazos. Podía sacarle una cabeza, pero no iba a dejarse asustar.

–¿Señor Pires? –Damaso frunció el ceño, mirándola

como un dios inca–. Es un poco tarde para esas formalidades, ¿no te parece?

–Lo que sé –Marisa dio un paso adelante, furiosa– es que estás invadiendo mi privacidad.

Se le revolvía el estómago al recordar cómo la había tratado. Aunque debería estar acostumbrada después de toda una vida sintiendo que no estaba a la altura. Pero aquel hombre la había herido más profundamente que nadie porque había sido tan tonta como para creer que era diferente.

Él la miraba, imperturbable.

–¿Y bien? –Marisa golpeó el suelo con el pie, airada. Pero, por enfadada que estuviera, no podía negar que Damaso Pires era un hombre extraordinariamente atractivo. Y como amante... no quería ni pensar en eso–. A ver si lo adivino: has descubierto que estaba en el hotel y has pensado hacerme una visita por los viejos tiempos. Pues me temo que no estoy interesada en retomar lo que dejamos –su amor propio no le permitiría volver con un hombre que la había tratado como él–. Y ahora, si me perdonas, me gustaría estar sola.

Iba a entrar en la habitación, pero Damaso le impedía el paso. Cuando sus ojos oscuros se clavaron en ella sintió que se le encogía el estómago, pero no tenía nada que ver con las náuseas. Ella sabía que era una reacción a su potente sexualidad.

Pero una mujer embarazada no podía responder de manera tan lujuriosa, ¿no?

La noticia había puesto su mundo patas arriba, dejándola frágil y asustada. ¿Qué sabía ella de embarazos?

–¿Te encuentras bien?

Marisa levantó la cabeza.

–Lo estaré cuando te vayas de mi suite. Nadie te ha invitado a venir.

Entró en el salón intentando no mirarlo, pero el aroma de su colonia masculina parecía invadir todo el espacio.

—Tenemos que hablar.

Marisa siguió caminando.

—Si no recuerdo mal, la última vez dejaste claro que no teníamos nada que decirnos —replicó, intentando mostrarse serena, aunque la humillación que había sentido era como un puñal en su corazón.

—¿Intentas decirme que tú querías algo más?

Ella se detuvo. Si no le hubiese afectado tanto su rechazo no la habría disgustado su regreso. O al menos no se le notaría tanto, pero no era capaz de fingir.

Necesitaba perderlo de vista para poder concentrarse en la noticia que acababa de recibir: que probablemente estaba embarazada de su hijo.

Marisa cerró los ojos, intentando reunir fuerzas. Hablaría con él más tarde si tenía que hacerlo. Por el momento, necesitaba estar sola.

—No quería nada, *Damaso* —respondió, pronunciando su nombre con desdeñoso énfasis—. Lo que hubo entre nosotros se terminó.

Abrió la puerta, pero antes de que pudiese decir nada una mano grande la cerró. El calor del cuerpo de Damaso la envolvía.

—¿No ibas a decirme que estás esperando un hijo mío?

Ella parpadeó, atónita. ¿Cómo podía saberlo?

Miró la mano grande, de tendones marcados, los largos dedos de uñas bien cuidadas.

Recordaba esas manos sobre sus pechos, el placer que le habían dado, cómo durante unas horas creía haber encontrado a un hombre que la valoraba por sí misma. Y lo traicionada que se había sentido después.

—¿Marisa?

Ella se volvió para mirarlo, levantando la barbilla en un gesto orgulloso.

—No tienes derecho a entrar aquí sin haber sido invitado. Márchate o llamaré a la dirección del hotel para que te echen.

Damaso miró los ojos azules y sintió algo en el pecho. Solo con mirarla a los ojos sentía una descarga de adrenalina.

Lo tentaba incluso mirándolo con desdén, pero no era solo desdén lo que había en sus ojos, ni en los labios entreabiertos, ni en el pulso que latía en su cuello. Las sombras en sus ojos la delataban.

Estaba excitaba y, seguramente, ella reconocía los mismos síntomas en él. No había logrado olvidarla.

Sin pensar, levantó su barbilla con un dedo. Era igual de maravillosa que recordaba, mejor aún. La discusión podía esperar.

Cuando iba a inclinar la cabeza sintió un repentino dolor en el brazo y, atónito, vio que Marisa se lo retorcía en un movimiento de defensa personal. Tuvo que hacer un esfuerzo para contener el deseo de protegerse. Él no sabía pelear con reglas. Donde había crecido la violencia era endémica, brutal y a menudo mortal. En unos segundos podría hacer que se rindiera, pero hizo un esfuerzo para relajarse, ignorando el dolor en el brazo.

—Voy a llamar a la dirección del hotel —le advirtió Marisa, respirando agitadamente.

—Yo soy la dirección del hotel, *pequenina*.

—¿Perdona? —exclamó ella, incrédula.

—Soy el propietario del resort —le explicó Damaso, intentando mover los dedos—. Suéltame —añadió, entre dientes—. Prometo no tocarte.

—¿Eres el dueño del hotel? —Marisa lo soltó y él movió el brazo para restaurar la circulación. Parecía una experta en técnicas de defensa personal.

–Así es. Mi equipo de arquitectos lo diseñó y mis constructores lo levantaron.

–Ah, claro, eso explica muchas cosas –Marisa apretó los labios–. Pero no entiendo por qué el médico ha ido a darte la noticia, por mucho que seas el propietario. ¿Qué ha sido de la confidencialidad? –no había levantado la voz, pero su tono, como si estuviera mordiendo cristales, lo decía todo.

Damaso negó con la cabeza.

–El médico no me ha dicho una palabra. Yo estaba aquí, en la suite, cuando confirmó el resultado de la prueba.

Marisa lo fulminó con la mirada y Damaso sintió que le ardía la cara. Pero la vergüenza era un lujo negado a los que habían tenido que sobrevivir robando lo que otros tiraban. Nada lo asustaba, nada lo avergonzaba, ni siquiera el brillo acusador en sus ojos. Le daba igual lo que pensasen los demás.

Sin embargo, él fue el primero en apartar la mirada.

–Me había enterado de que te encontrabas mal y vine a verte.

–Ah, qué considerado –dijo ella, burlona, tirando hacia abajo de su camiseta.

Damaso miró su estómago plano. Allí estaba su hijo y la sorpresa le dejó la boca seca. Le gustaría tocarla, poner la mano en el suave abdomen...

El chasquido de dos dedos frente a su cara lo sacó de ese extraño estupor.

–Que seas el dueño del hotel no te da derecho a inmiscuirte en mi vida privada.

–No fue intencionado, te lo aseguro. Solo venía a verte.

–Esa no es excusa para espiarme.

–No estaba espiando. Y este asunto nos afecta a los dos.

Marisa se puso colorada, el rubor dándole un aspecto joven y vulnerable.

–Tenemos que hablar –insistió Damaso.

Ella negó con la cabeza, su pelo rubio brillando como el oro cuando se dio la vuelta hacia el ventanal. Rígida, como si su presencia le hiciese daño.

–Un mes y un día, ¿recuerdas? Este asunto me concierne a mí tanto como a ti.

–Yo no estoy de acuerdo.

–¿Cuándo pensabas contármelo? ¿O no ibas a decirme nada? ¿Ibas a librarte del bebé sin decirle nada a nadie?

¿Había pensado librarse de su hijo?

¡Su hijo!

La noticia de que iba a ser padre lo había dejado atónito. Había tardado horas en asimilar que iba a tener un hijo, carne de su carne, sangre de su sangre.

Por primera vez en su vida tendría una familia.

La idea lo asombraba y lo asustaba a la vez. Él jamás había esperado tener una familia propia y, sin embargo, estaba emocionado.

No sabía cómo iban a solucionar la situación, pero una cosa estaba absolutamente clara: ningún hijo suyo sería abandonado como lo había sido él.

Ningún hijo suyo crecería solo y desamparado.

Conocería a su padre y recibiría los mejores cuidados, todo lo que necesitase.

Él, Damaso Pires, se aseguraría de ello personalmente. Su determinación era más fuerte que nada.

–¡Di algo! –Damaso no estaba acostumbrado a ser ignorado, especialmente por mujeres a las que conocía íntimamente. Y más cuando se trataba de algo tan importante.

–¿Qué quieres que diga? –cuando se volvió, los ojos de Marisa brillaban más que antes–. ¿Que no pensaba abortar? ¿Que no sabía cuándo iba a decírtelo o si iba a decírtelo? Aún no he tenido tiempo para hacerme a la idea de que estoy embarazada —Marisa clavó un dedo en su esternón—. No creo que esto sea asunto tuyo. Soy yo quien está embarazada, soy yo quien llevará dentro a este bebé durante nueve meses, cuyo cuerpo y cuya vida cambiará irrevocablemente a partir de ahora, no tú.

Damaso intentó tomar su mano, pero ella se apartó como si su roce la contaminase.

«Demasiado tarde para eso, Alteza».

Marisa vio que esbozaba una sonrisa burlona. Tenía un aspecto peligroso e impredecible y el brillo de sus ojos hacía que deseara dar un paso atrás, pero plantó los pies firmemente en el suelo.

No iba a dejarse amedrentar.

¿Cómo le había dado la vuelta a la situación lanzando una letanía de acusaciones contra ella? Ya estaba bien. Estaba cansada de ser juzgada por los demás.

—Evidentemente, tú has tenido tiempo para sacar todo tipo de conclusiones sobre este embarazo... si de verdad estoy embarazada —Marisa clavó en él una mirada helada.

—¿Lo niegas?

—Quiero una segunda opinión, pero parece que tú ya estás convencido.

—Así es. Y solo hay una solución sensata a esta situación.

—¿Ah, sí?

—Por supuesto —Damaso la miró con un brillo de determinación en los ojos oscuros—. Tenemos que casarnos.

Capítulo 4

MARISA no pudo evitar una carcajada.

–¿Casarnos? –repitió, sacudiendo la cabeza–. Lo dirás de broma. Ni siquiera nos conocemos.

Su expresión le decía que no apreciaba el tono burlón. O tal vez notaba el pánico que había tras la risa.

Tampoco a ella le gustaba. Su miedo era palpable.

–Nos conocemos lo suficiente como para haber creado juntos una vida –su voz ronca hizo que Marisa dejase de reír.

–Eso no significa conocer a alguien. Solo fue sexo.

Damaso se encogió de hombros, esos hombros a los que se había agarrado durante esa noche, clavando las uñas en su carne en los momentos de éxtasis.

Hasta que Damaso dejó claro que no quería saber nada de ella.

–Parece que has cambiado de opinión.

¿Notaría el dolor en su voz? Le daba igual, solo sabía que debía cortar aquella locura de raíz.

–Eso fue antes de saber que esperabas un hijo, *Alteza*.

Marisa se puso tensa.

–Puede que no haya ningún hijo. No estaré segura hasta que me haga otra prueba.

Damaso la miró, inclinando a un lado la cabeza, como examinando un curioso espécimen.

–¿La idea de tener un hijo es tan horrible para ti?

–No –Marisa se llevó una mano al abdomen–. Pero necesito estar segura del todo.

–Y cuando estés segura del todo nos casaremos.

Ella parpadeó. ¿Por qué hablar con Damaso Pires era como intentar atravesar una roca de granito?

–Estamos en el siglo XXI. No hace falta casarse para tener hijos.

Él se cruzó de brazos, el gesto acentuando los fuertes bíceps. Con ropa deportiva era impresionante, pero el traje de chaqueta le daba más autoridad. Si eso era posible.

Si no respondiese de forma tan visceral, tan femenina. Pero no podía dejarse distraer por su rampante masculinidad.

–Ya sé que no hace falta casarse, pero estamos hablando de nosotros y de nuestro hijo.

«Nuestro hijo».

Las palabras se repetían en su cabeza, haciéndola temblar. Haciendo que la posibilidad del embarazo fuese abruptamente real.

De repente, tuvo que agarrarse al respaldo del sofá porque el mundo empezó a dar vueltas.

Damaso la tomó del brazo.

–Tienes que sentarte.

Marisa estuvo a punto de decir que lo que necesitaba era estar sola, pero se le doblaban las piernas. Tal vez debería descansar un momento. No quería hacer nada que pusiera en peligro al bebé.

Aceptó su ayuda para sentarse en el sofá con un hilo de esperanza. Y eso demostraba lo ingenua que era. Aquella situación no tendría un final feliz.

El embarazo ya no le parecía una posibilidad sino algo real, tal vez porque Damaso la trataba como si fuera a romperse.

Debía aprender a ser una buena madre cuando lo

único que se le había dado bien en la vida eran los deportes y provocar escándalos.

Marisa tuvo que contener un gemido, imaginando el furor en la corte de Bengaria, los ultimátum y las maquinaciones para solucionar el asunto, la condena de su tío, de la prensa, de la gente.

En el pasado siempre había fingido que no le importaban los humillantes comentarios...

–Voy a llamar al médico –Damaso se puso en cuclillas, apretando su mano.

–No hace falta –dijo ella. Tenía que calmarse. Más que nunca tenía que encontrar la manera de seguir adelante, no solo por su hijo sino por ella misma.

–Necesitas que alguien cuide de ti –insistió Damaso.

–¿Y tú has decidido hacer ese papel? –replicó ella, burlona.

Por primera vez desde que entró en la suite, parecía incómodo.

–Ese hijo es mi responsabilidad –hablaba con tanta solemnidad que Marisa lo miró, sorprendida.

–Siento decepcionarte, pero yo no necesito un protector. Sé cuidar de mí misma.

Había aprendido a ser independiente a los seis años, cuando su madre murió. Solo tenía vagos recuerdos de ella, de sus abrazos, sus sonrisas, de los cuentos que le contaba por la noche. No la recordaba bien, pero tenía la certeza de que había sido maravillosa.

–A juzgar por lo que la prensa dice de ti, ya veo lo bien que lo has hecho –replicó él, hiriente.

Marisa levantó la barbilla, furiosa.

–No deberías creer todo lo que lees en la prensa.

Pero todo el mundo lo creía y, por fin, Marisa había decidido no dar más explicaciones. En lugar de eso, se había dedicado a vivir sin pensar en las convenciones y, a veces, ni siquiera en su propia seguridad.

Pero si estaba embarazada...

–¿Debería otorgarte el beneficio de la duda?

–Me da igual lo que pienses de mí.

Eso siempre le había funcionado en el pasado, pero con Damaso las cosas eran más complicadas.

–Ya lo veo, pero también veo que no te encuentras bien. Esta noticia ha sido una sorpresa para ti.

–¿No lo ha sido para ti? ¿Cuántos hijos has ido dejando por el mundo? –Marisa intentaba mostrarse despreocupada, pero no lo logró. Absurdamente, pensar en él con otras mujeres la ponía enferma.

–Ninguno –respondió Damaso–. Y me gustaría proponer un experimento.

–¿Un experimento?

–Deja que te lleve a la ciudad para hacer una segunda prueba. Si el resultado es positivo, hablaremos del futuro.

¿Qué podía perder? Solo había propuesto lo que ella ya había decidido y, como propietario del resort, podría llevarla a Lima sin tener que esperar un vuelo regular.

–¿Sin compromisos?

–Sin compromisos.

Las dudas luchaban contra la precaución y contra el deseo de apoyarse en alguien. Si era una trampa, descubriría que se había equivocado de mujer.

–Muy bien, de acuerdo –Marisa le ofreció su mano para dejar claro que aquello era un trato, no un favor, y sonrió al ver su gesto de sorpresa.

Pero el cosquilleo que sintió cuando Damaso tomó su mano hizo que la sonrisa desapareciese de sus labios.

Marisa se volvió para mirarlo cuando las aspas del helicóptero dejaron de moverse.

–Dijiste que iríamos a Lima –le espetó, furiosa.

–Dije que te llevaría a la ciudad y São Paulo no está demasiado lejos.

–Así que me has mentido –Marisa estaba haciendo un puchero encantador y él tuvo que hacer un esfuerzo para no tomarla entre sus brazos y besarla hasta que suspirase su nombre.

–Lo importante es hacer una prueba que confirme el embarazo –insistió Damaso. Habían pasado veinticuatro horas y seguía sintiendo una emoción desconocida al pensar en la vida que habían creado.

–Pero no estamos en São Paulo.

–Un médico vendrá a verte. Esta es mi residencia privada.

Marisa miró la ultramoderna mansión frente a una playa de arena blanca y aguas transparentes.

–Aquí estaremos tranquilos, la isla entera es de mi propiedad.

–¿Crees que eso va a impresionarme? Yo no tengo interés en tu isla privada –Marisa apretó los labios y Damaso esbozó una sonrisa.

La había deseado desde que la vio y una noche en la cama solo había servido para aumentar su deseo. Quería poseerla por completo; su energía, su risa, su generosa sexualidad y esa sensación de estar compartiendo un regalo raro, exquisito.

Incluso discutir con ella era más estimulante que firmar un contrato de mil millones de dólares.

Ese pensamiento lo turbó. Normalmente le resultaba fácil pasar de una mujer a otra. Claro que nunca antes había estado esperando un hijo. Debía ser por eso por lo que no era capaz de apartarla de sus pensamientos.

–Muchas mujeres darían lo que fuera por estar aquí.

–Yo no soy una de esas mujeres.

El desdén que había en su mirada lo hizo sentir inferior por primera vez en mucho tiempo.

Pero él era Damaso Pires, un hombre hecho a sí mismo, un empresario de éxito que no se inclinaba ante nadie. Había borrado las cicatrices de su infancia con la cura más convincente de todas: el éxito.

«Inferioridad» era una palabra que había borrado de su diccionario personal muchos años atrás.

–¿No te impresiona, *Alteza*?

Ella lo fulminó con la mirada. ¿Porque la había llamado Alteza o porque lo había dicho con los dientes apretados?

–No se trata de sentirse impresionada –dijo ella, con frialdad–. Sencillamente, no me gusta que me mientan.

Damaso se quitó el cinturón de seguridad, impaciente.

–No era mentira, suelo ir a la ciudad desde aquí. Además, pensé que te gustaría más un sitio privado que una clínica o que un ginecólogo te visitara en el hotel –Damaso miró sus ojos azules–. Menos posibilidades de que los paparazis se enteren de la historia, ya que mis empleados son absolutamente discretos.

Marisa respiraba agitadamente. Ah, ya no se mostraba tan superior. No quería que la noticia se hiciera pública.

–Gracias –dijo entonces, sorprendiéndolo–. No había pensado en ello –tardaba en quitarse el cinturón de seguridad y Damaso vio que le temblaban las manos. Le habría gustado hacerlo por ella, pero su expresión le advertía que era mejor no tocarla.

Por fin, se levantó del asiento.

–Pero no vuelvas a mentirme. No me gusta que me engañen ni que tomen decisiones por mí.

Damaso estuvo a punto de decir algo, pero se contuvo porque tenía razón.

–Muy bien. En el futuro te consultaré todas mis decisiones.

Ella arqueó una perfecta ceja.

–En el futuro –lo corrigió, con voz de acero– yo tomaré las decisiones que me conciernan a mí.

Saltó del helicóptero y se alejó sin esperar para ver si la seguía.

Caminaba como una princesa, con la cabeza alta, el paso firme. Con la absoluta confianza de que el mundo se aprestaría a cumplir sus expectativas.

Damaso se decía a sí mismo que era una niña malcriada, pero no podía dejar de admirarla. Él no estaba acostumbrado a que nadie cuestionara sus decisiones.

Que le hubiera dado las gracias lo había sorprendido, pero la insistencia en tomar sus propias decisiones era algo que entendía muy bien.

Observó el pantalón de lino abrazando el perfecto trasero con cada paso, cómo el pelo caía por su espalda como una cortina de oro...

En el futuro, tendría que convencer de sus decisiones a la princesa Marisa de Bengaria antes de ponerlas en acción.

Damaso esbozó una sonrisa mientras bajaba del helicóptero. Convencer a Marisa presentaba todo tipo de interesantes posibilidades.

Marisa salió de la casa unos minutos después de que la ginecóloga se hubiera ido. Sin duda, Damaso estaría hablando con ella en ese momento, recibiendo confirmación del embarazo.

Apresuró el paso y se quitó las sandalias cuando llegó a la playa. Le gustaría correr por la arena hasta quedar sin aliento, nadar hasta que estuviera lejos de la mansión, llena de empleados, escalar por las rocas que había al otro lado de la playa...

Cualquier cosa para volver a sentirse libre, aunque solo fuera durante unos minutos.

Marisa suspiró. Debía ser más juiciosa a partir de aquel momento. Podía correr, por supuesto, pero el guardaespaldas que iba tras ella pensaría que alguien la amenazaba. Si le explicaba por qué corría, se sentiría obligado a correr a su lado, arruinando así la diversión.

Miró hacia atrás y allí estaba, una figura enorme intentando, sin éxito, mezclarse con los arbustos.

¡Incluso en Bengaria había tenido más libertad!

Marisa se metió en el agua hasta las pantorrillas, dejando que las olas acariciasen sus piernas. Respiraba profundamente, intentando concentrarse en su pulso.

Hacía años que no practicaba las técnicas que había usado en las competiciones de gimnasia, pero si alguna vez había necesitado estar tranquila era en aquel momento.

Iba a ser madre.

La alegría se mezclaba con el miedo. A pesar de las circunstancias, no lamentaba estar esperando un hijo. ¿Tendría lo que hacía falta para criarlo y cuidar de él como merecía? ¿Sabría ser una buena madre?

No tenía a nadie a quien pedir ayuda, nadie en quien confiar. Solo a Damaso, un extraño que veía el niño como una responsabilidad.

Pensó entonces en aquellos que podrían tener algo que decir sobre el futuro de su hijo: sus parientes. Marisa sintió un escalofrío. Pasara lo que pasara, mantendría a su hijo a salvo de sus parientes y de los consejeros de la corte de Bengaria, que obedecían las órdenes de su tío.

Y sus amigos... Marisa se mordió los labios. Había dejado de buscar amigos en Bengaria mucho tiempo atrás, cuando los pocos que tenía fueran expulsados de

palacio por ser personas normales con las que no debía
mezclarse una princesa.

De modo que estaba sola. Siempre había estado sola,
incluso cuando Stefan vivía porque él tenía sus propios
problemas. En realidad, había tenido suerte. Su labor
consistía en servir de escaparate, ya que no estaba en la
línea de sucesión. El pobre Stefan, heredero al trono,
había tenido que soportar las expectativas de todos.

–Marisa.

Ella se dio la vuelta y vio a Damaso en la orilla. Con
un pantalón de lino y una camisa blanca tenía un aspecto tan sexy.

El corazón empezó a golpear sus costillas, dejándola
sin oxígeno.

–Tenemos que hablar.

–No pierdes el tiempo, ¿eh?

–¿Qué quieres decir?

–¿Te importaría dejarme sola unos minutos? Sé que
acabas de hablar con la ginecóloga.

–No voy a hacerte daño.

Marisa contuvo el aliento.

–No te tengo miedo.

¿Cómo se atrevía a pensar eso? Ella, que jamás había temido a nada.

–¿No?

–No, en absoluto –enfrentarse con un brasileño sexy
y seguro de sí mismo no era nada comparado con los
egos con los que había tenido que lidiar.

Damaso se metió en el agua y se detuvo a medio me-
tro de ella, su aroma mezclándose con el olor del mar.

–¿Cómo te encuentras?

–Bien.

Era cierto. Había tenido náuseas por la mañana, pero
el té y las galletas saladas habían asentado su estómago.

–Entonces tenemos que hablar –insistió Damaso, su

intenso escrutinio haciendo que se le erizase el vello de la nuca.

–¿De qué quieres hablar? ¿Del bebé? –le preguntó, con voz ronca–. ¿La ginecóloga te ha contado algo que no me haya contado a mí?

Damaso la tomó del brazo.

–No te preocupes, no pasa nada.

Marisa puso una mano en su torso porque necesitaba apoyarse en algo.

–¿Entonces qué quieres decirme?

–La prensa. Se ha filtrado la noticia de que estás embarazada.

–¿Qué?

–No ha sido uno de mis empleados. A nadie se le ocurriría contarle a la prensa algo que tuviese que ver conmigo.

–¿Cómo puedes estar tan seguro? La gente es capaz de todo por dinero.

Él negó con la cabeza.

–Mi gente no me traicionaría. Ha sido alguien del hotel en Perú, alguien de la cocina. Me oyó pedir algo para contener las náuseas y debió sumar dos y dos.

–¿Tú fuiste a la cocina para pedir algo contra las náuseas?

Eso la sorprendió, pero desde que supo la noticia del embarazo estaba empeñado en cuidar de ella.

–Era una empleada nueva y ha sido despedida. No volverá a trabajar en ninguno de mis hoteles –su tono airado hizo que casi sintiera pena por la persona que había pensado beneficiarse pasándole información a la prensa.

–Pensé que tendría más tiempo antes de hacerlo público –Marisa intentaba fingir una despreocupación que no sentía porque una vez que se diera la noticia...

–Por el momento, es un rumor sin confirmar. No pueden demostrar nada.

Ella asintió con la cabeza.

–Y he pasado por cosas peores.

A los quince años, alguien del equipo de gimnasia había filtrado que tomaba la píldora y había salido publicado en la prensa, junto con fotos de ella en una fiesta.

A nadie le había interesado que tomase la píldora por prescripción médica, para ayudarla a soportar las dolorosas reglas que interferían con su entrenamiento, o que acudiese a las fiestas exclusivamente como acompañante. Todo había sido retorcido por los periodistas; las miradas inocentes en las fotos se convertían en miradas lascivas. La retrataban como una chica de vida alegre, incontrolable y sin principios morales.

Una vez catalogada por los paparazis no hubo forma de cambiar la opinión de la gente y los servicios de protocolo de palacio no habían hecho nada. Solo años después había empezado a sospechar que lo hacían a propósito, una lección brutal para que obedeciese a su tío. Por fin, después de años luchando contra los paparazis, Marisa había decidido rendirse y obtenía un placer perverso en vivir según las expectativas de los demás.

–Al menos aquí no tendré que preocuparme de la prensa –murmuró, intentando sonreír–. Gracias, Damaso. Parece que al final tenías razón. Si me hubiese alojado en un hotel ahora mismo estaría rodeada de paparazis.

–En estas circunstancias, preferiría no haber tenido razón.

Parecía sincero y era tan tentador dejar que alguien cuidase de ella. Pero no podía acostumbrarse.

Caminaron uno al lado del otro y acababan de llegar al jardín cuando una empleada salió de la casa para hablar con Damaso en portugués.

–¿Qué ocurre? –le preguntó, al ver que fruncía el ceño.

–Un mensaje para ti. Has recibido una llamada y volverán a llamar en quince minutos.

–¿Quién era? –preguntó Marisa, con el estómago encogido. Porque sabía muy quién había llamado.

Y las palabras de Damaso confirmaron sus miedos:

–El rey de Bengaria.

Capítulo 5

DAMASO paseaba inquieto por la terraza, la bandeja de café y el ordenador portátil olvidados. Podía ver a Marisa hablando por teléfono a través de la cristalera y tenía que hacer un esfuerzo para no entrar y quitárselo de la mano.

Y eso precisamente hizo que se detuviera.

Él no se inmiscuía en la vida de los demás. Nunca había estado lo bastante interesado como para hacerlo, pero al ver a Marisa ponerse firme frente al escritorio sintió el incontenible deseo de romper el hábito de toda una vida.

¿Qué estaría diciéndole el rey? Por lo que podía ver, ella no había tenido oportunidad de decir mucho. Sin embargo, su postura lo decía todo. Tenía la espalda rígida y paseaba con precisión militar, como un soldado en un desfile, con los labios apretados, los hombros levantados.

Llevaba los pantalones capri y el top amarillo que había llevado en la playa, cuando parecía un reflejo del sol, brillante y llena de vida. En su estudio, sin embargo, con el ceño fruncido, parecía una mujer diferente.

Podía oír su voz, pero no lo que decía. Hablaba con sequedad, poniendo énfasis en cada palabra. Con la barbilla levantada, parecía lo que era: una aristócrata, altiva y fría.

Damaso sintió una punzada de deseo al verla replicar de esa forma a un rey. Una mujer segura de sí misma no había sido nunca su fantasía; más bien al contrario, él siempre era el cazador, el que ponía las reglas.

¿Era por eso por lo que su noche en el hotel había sido tan memorable? ¿Porque se trataban de igual a igual, sin que ninguno controlase al otro?

Si era así, ¿por qué sentía ese extraño deseo de protegerla? Tenía que ser por el embarazo. Desde que descubrió que estaba embarazada, el bebé se había convertido en el centro de sus pensamientos, rivalizando incluso con sus negocios, que le habían dado un propósito, una identidad durante toda su vida adulta.

Damaso respiró agitadamente, sabiendo que estaba pisando un terreno que no le resultaba familiar.

Tardó unos segundos en darse cuenta de que Marisa había cortado la comunicación y estaba de pie en medio del estudio, con los hombros caídos, las manos apoyadas en el escritorio en un gesto de profundo agotamiento.

Algo se encogió en su pecho; la misma preocupación que había sentido cuando la dejó en el hotel. Cuando, a pesar de su enfado y su altivez, había intuido que algo no iba bien.

–¿Marisa? –Damaso entró en el estudio y ella se irguió.

–¿Sí?

Fingía ser una fría princesa, pero el brillo de emoción en sus ojos decía que era una pose.

–¿Qué quería?

Ella arqueó una ceja, como sorprendida por su temeridad de cuestionarla.

–Al rey Cyrill no le ha hecho gracia que sus asesores le hayan hablado de un posible embarazo.

–Han sido rápidos.

Marisa apretó los labios.

—Siempre lo son cuando se trata de mí.

—¿Y qué le has dicho? ¿Has confirmado el embarazo?

Damaso desearía saber algo más sobre Bengaria. Él no tenía ningún interés en los pequeños reinos europeos hasta que alguien le había dicho que Marisa era la famosa princesa que aparecía tan frecuentemente en las revistas del corazón.

¿Se llevaría bien con el rey, su tío? La conversación parecía haberla dejado agotada, aunque intentaba disimular.

—Le he dicho que no era asunto suyo —respondió Marisa, desafiante—. No iba a ganar nada mintiendo. Tendré que enfrentarme con el problema tarde o temprano.

—¿Problema? ¿Porque no estás casada? —Damaso no sabía nada de casas reales salvo que sus vidas parecían muy tradicionales.

Marisa hizo una mueca de amargura.

—No estoy casada, no tengo una relación, no estoy saliendo con un hombre aprobado por el palacio. No estoy haciendo nada de lo que una princesa de Bengaria debería hacer.

—¿Y qué se supone que deberías hacer?

Marisa levantó la cabeza, mirándolo como miraría a un oponente.

—Ser respetable, seria, discreta y casarme con un príncipe o al menos un noble. No salir en las revistas del corazón, salvo en artículos aprobados por el palacio, y no provocar escándalos, particularmente ahora.

—¿Por qué ahora?

¿Por qué no se había molestado en averiguar algo sobre el país de Marisa?, se preguntó Damaso, furioso consigo mismo.

Porque solo pensaba en su negocio, para eso vivía.

Su negocio era toda su vida y lo había convertido en lo que era.

Marisa se irguió de nuevo, pero sin mirarlo a los ojos.

—Me gustaría decir que es porque mi país sigue de luto por Stefan, pero no es así. La verdad es que Cyrill no quiere escándalos cuando está a punto de ser coronado.

Damaso hizo una mueca.

—¿No es el rey?

—Cyrill es mi tío, el hermano pequeño de mi padre, que era el rey de Bengaria. Cuando murió, Cyrill se convirtió en el regente durante once años, hasta que Stefan cumplió los veintiuno —Marisa contuvo el aliento—. Stefan era mi hermano gemelo y heredero al trono de Bengaria. Murió en un accidente hace dos meses.

¿Dos meses? Su hermano había muerto un mes antes de que se conocieran, pero Marisa no actuaba como una mujer rota por el dolor.

¿Pero qué sabía él del dolor o la pena por un ser querido? Él nunca había tenido siquiera un buen amigo y menos una familia.

—¿No te cae bien tu tío?

—No puedo soportarlo —Marisa hizo una pausa—. Era nuestro tutor tras la muerte de mi padre y se portaba como un rey, aunque no lo era —la nota de amargura en su voz lo decía todo sobre la relación—. Incluso después de que Stefan fuese coronado, Cyrill intentaba manipular la opinión pública cada vez que mi hermano intentaba instigar cualquier cambio.

—Pero te has librado de él. Ya no tiene ningún poder sobre ti.

Marisa miró el jardín por la ventana. Era un jardín precioso, sereno, pero tras las amenazas de Cyrill nada lograba tranquilizarla.

Una vez más, su tío amenazaba con poner su vida patas arriba.

–No es tan sencillo –tontamente, había pensado que lo sería. Stefan había muerto y ella no tenía interés en la política, pero seguía siendo la princesa de Bengaria, algo que su tío había dejado bien claro.

–¿Qué ocurre, Marisa? –la voz de Damaso hizo que levantase la mirada.

Entre Damaso y su tío no había ninguna posibilidad de vivir en paz. Lo que necesitaba era tiempo para pensar, alejada de hombres dominantes, aunque uno de ellos hiciera que se cuestionase esa necesidad de estar sola.

–¿Vas a contármelo o tendré que llamar a tu tío?

Ella lo fulminó con la mirada.

–No soy una niña, no tienes que pedir explicaciones a mis parientes.

–Yo creo que tu tío tiene muchas explicaciones que dar.

En una pelea entre Cyrill y Damaso... ¿quién ganaría? ¿Su tío, con su altivez y sus mentiras o Damaso, con su aire de autoridad y sus millones?

–Además, mi tío no hablaría contigo.

–Nadie es tan inaccesible –Damaso se cruzó de brazos, enarcando una ceja–. ¿Por qué sigues sin ser libre de él?

Suspirando, Marisa se dejó caer en un sillón.

–Porque dependo de su dinero, así de sencillo.

Y tonta que era, no había pensado en ello. ¿Cómo no se le había ocurrido?

Porque estaba rota de dolor, luchando para levantarse cada día tras la muerte de Stefan sin mostrar su dolor en público. Había pensado que podría cortar toda relación con Bengaria... qué ingenua. Especialmente después de haber sufrido las maquiavélicas maniobras de su tío en primera persona.

Cada céntimo que tenía estaba secuestrado por orden de Cyrill. ¿Cómo iba a encontrar un hogar para su hijo cuando todo lo que tenía pertenecía a la corona de Bengaria?

Marisa tuvo que morderse los labios para no llorar.

–¿Ha amenazado con dejarte sin dinero? –le preguntó Damaso.

–Ha secuestrado mi pensión, el dinero invertido por mis padres –Marisa suspiró de nuevo–. Y ha amenazado con congelar todas mis posesiones, incluyendo mi cuenta personal.

–¿Tiene derecho a hacer eso?

–Es el soberano de Bengaria y tiene control sobre todos los miembros de mi familia –respondió Marisa. Pero ese era un poder del que ni siquiera su estricto padre hubiera hecho uso–. Es legal, aunque no es ético.

Así era Cyrill. Haría cualquier cosa para salirse con la suya.

¿Quién hubiera imaginado que sus planes la incluirían a ella después de los problemas que habían tenido siempre?

Se preguntó si de verdad la quería de vuelta en Bengaria o era un elaborado plan para hacerla sufrir por haberlo desobedecido.

Damaso se sentó a su lado.

–No te faltará nada estando conmigo.

–Pero no he accedido a casarme contigo –replicó Marisa, el corazón latiendo en su garganta.

Él no dijo nada. No tenía que hacerlo. Era un hombre acostumbrado a dar órdenes y a que estas fueran obedecidas y en aquel momento la deseaba a ella.

Corrección: deseaba a su hijo.

Helada hasta los huesos, Marisa se cruzó de brazos, como para protegerlo.

Damaso y Cyrill tenían mucho en común; los dos querían controlarla para conseguir sus objetivos. Los dos querían a su hijo, Damaso por razones que aún no entendía, su tío porque llevaba sangre real y era un peón potencial en sus planes para extender el poder de la corona.

–Pues entonces busca un trabajo –dijo Damaso, con tono impaciente.

Marisa había tenido que sufrir ese tono en muchas ocasiones con gente que no la conocía y creía los cotilleos de la prensa.

Estaba a punto de esconder sus sentimientos tras el habitual desdén, pero algo la detuvo.

La opinión de Damaso no debería importarle porque ya había demostrado lo poco que la valoraba, pero estaba cansada de ser juzgada por los demás.

–¿Crees que no lo he intentado? ¿Quién me tomaría en serio, especialmente cuando la prensa empezase a perseguirme, molestando a mi jefe y al resto de los empleados? ¿Haciendo apuestas sobre el tiempo que aguantaría en el trabajo?

Su reputación la perseguía: la chica alegre, frívola, incapaz de ser responsable. ¿Cuántas veces había intentado hacer algo que mereciese la pena... para que enseguida le robasen la oportunidad?

La última vez, los paparazis habían acampado frente al colegio para niños con necesidades especiales en el que trabajaba como voluntaria, poniendo nerviosos tanto a profesores como a alumnos hasta que, por fin, el director había tenido que pedirle que no volviese.

–Lo he intentado –dijo Marisa. Lo único que le quedaba era su independencia. Había luchado mucho para conseguirla y tenía que ser fuerte.

Se levantó porque necesitaba moverse, pensar, pero Damaso la tomó del brazo antes de que pudiera dar un paso.

Marisa levantó la barbilla como para distanciarse de él. ¿Era un gesto inconsciente o un movimiento ensayado para asustar a los plebeyos como él?

Sin embargo, Damaso sabía instintivamente que bajo ese aire altivo había un mundo de dolor.

Él sabía leer a la gente; era una habilidad que había cultivado y explotado de niño para saber qué adultos responderían a un niño hambriento con algo de comida y cuáles con una patada. Durante todo ese tiempo, su comprensión rara vez se había convertido en empatía.

¿Pero qué otra cosa podía explicar ese deseo de protegerla? ¿La necesidad de envolverla en sus brazos y apretarla contra su corazón?

Marisa tenía ojeras y no podía disimular el temblor de sus labios. Lo intentaba, pero él sabía que el miedo de la princesa Marisa de Bengaria era más profundo que la falta de fondos.

—Haga lo que haga, tu tío no puede tocarte aquí.

Lo había dicho para tranquilizarla, pero sintió que se ponía tensa.

—Yo no he dicho que vaya a quedarme.

Damaso apretó los labios. Se negaba a aceptar que su hijo creciera lejos de él.

Su hijo.

Esas palabras eran como rayos de luz que iluminaban el espacio vacío en su alma; un alma que no había sabido existiera hasta ese momento.

Nunca había pensado en formar una familia y, sin embargo, sabía que era parte de la vida de ese niño. Su hijo tendría un padre, una familia, la que él nunca había tenido. Jamás estaría solo ni tendría miedo, jamás le faltaría nada.

Damaso apretó el brazo de Marisa.

Él luchaba por lo que quería. No habría sobrevivido en las *favelas* de Río si no hubiese aprendido pronto a tomar la vida por el cuello.

Pero había más de una forma de conseguir lo que quería. Sabía que Marisa no era la chica frívola que todo el mundo pensaba. Lo había intuido desde el primer momento, pero lo que le había contado sobre las intenciones de su tío y la angustia en su expresión cuando le dijo que buscase un trabajo lo habían dejado claro.

–Suéltame. Me estás haciendo daño.

Damaso puso los labios sobre el pulso que latía en su muñeca.

–Suéltame –insistió ella, con voz temblorosa.

Ese tono le recordaba sus gemidos de gozo la primera vez que estuvieron juntos y sentía el mismo calor saturando su piel.

–¿Y si no quisiera hacerlo? –murmuró, sintiendo el temblor de sus manos en la entrepierna.

Era una advertencia de que el seductor podía ser el seducido, pero Damaso no tenía duda de quién llevaba el control. Retendría a Marisa allí como fuera, pero sería mejor convencerla de que quería quedarse.

–Quiero que te quedes.

–¿De verdad?

Damaso la tomó por la cintura y lentamente, para convencerla, besó su muñeca, su antebrazo... cuando llegó al codo la oyó suspirar.

La deseaba con todas sus fuerzas.

No solo el hijo que esperaban, sino a ella.

Cuando besó su hombro la oyó suspirar de nuevo y tuvo que disimular una sonrisa de triunfo.

Se quedaría.

Su entrepierna estaba dura como el acero mientras

buscaba sus labios, desesperado... pero Marisa se apartó. Sorprendido, Damaso no fue lo bastante rápido.

Marisa respiraba agitadamente, llevándose una mano al pecho como para controlar los latidos de su corazón.

Parecía desconcertada, asustada y, sin embargo, se irguió como para repeler un ataque. Levantó la barbilla en un gesto que ya le resultaba familiar, pero sus mejillas se habían teñido de rubor.

Podría seducirla, estaba seguro. La había sentido temblar, a punto de rendirse. ¿Pero a qué precio?

Por primera vez en su vida, Damaso no aprovechó una oportunidad. No porque no la desease sino porque Marisa no estaba preparada.

–Quiero hacerte una proposición.

–¿Qué tipo de proposición? –preguntó ella, recelosa.

–Quédate aquí para que nos conozcamos un poco mejor. Relájate, recupérate hasta que pasen las náuseas. Tómate un tiempo libre y no te preocupes por tu tío. Él no puede hacer nada desde Bengaria –Damaso señaló los ventanales–. Nada, come, duerme y usa mi casa como un hotel privado. Después, hablaremos.

–*Tu* hotel privado.

Él asintió con la cabeza, impaciente.

–Es mi casa.

No le contó que tenía un apartamento en la ciudad y varias residencias por todo el mundo. No tenía intención de apartarse de Marisa. ¿Cómo iba a seducirla si no estaba allí?

Pero cuando ella lo miró con los ojos brillantes tuvo la sensación de que conocía sus intenciones.

–Con una condición –dijo Marisa por fin–. No habrá presiones. Seré tu invitada y espero que respetes mi privacidad.

–Por supuesto.

–Cuando quiera marcharme, no me pondrás trabas.

Estoy aquí por voluntad propia y me niego a dejar que controles todos mis movimientos.

Damaso asintió con la cabeza, preguntándose cuánto tiempo tardaría en convencerla de que no era privacidad lo que necesitaba.

Capítulo 6

UNA sombra ocultó el sol y Marisa, relajada en la tumbona, abrió los ojos.

–Te vas a quemar si sigues al sol –la voz de Damaso convertía la advertencia en una seductora samba. Esa voz tan masculina, ese acento, todo en él la ponía nerviosa.

Incluso después de varias semanas en la isla no era inmune al atractivo de aquel hombre. Y lo había intentado, cómo lo había intentado.

Tuvo que tragar saliva al ver la piel dorada bajo la camisa abierta, los pantalones cortos destacando la perfección de los fuertes muslos.

–Me he puesto crema solar –fue todo lo que pudo decir.

Nunca había conocido a un hombre tan atractivo como Damaso. A pesar de sus esfuerzos para borrar de su memoria la noche que compartieron, se recordaba a sí misma apretada contra el glorioso cuerpo masculino, acariciando esos poderosos brazos.

Nunca había pensado que lamentaría el final de las náuseas matinales, pero habían desaparecido y sin esa distracción era más consciente del hombre que estaba a su lado.

–Espera –Damaso tomó el bote de crema–. Deja que te ponga...

–¡No! Gracias, lo haré yo misma.

No necesitaba sentir las manos de Damaso en su cuerpo.

No la había tocado, pero el brillo intenso en sus ojos oscuros era la prueba de que tampoco él había olvidado esa noche. Su único objetivo era decidir cuál iba a ser su futuro y el de su hijo, pero se sentía increíblemente atraída por aquel hombre que era casi un extraño.

Lo último que necesitaba era dejar que otra persona tuviese algún poder sobre ella. No se apoyaría en nadie para criar a su hijo. Estaba decidida a protegerlo de cualquier influencia negativa y eso incluía a hombres obsesionados por controlarlo todo.

Al menos Damaso la había dejado en paz durante esas semanas, al contrario que su tío, cuyas constantes llamadas y mensajes empezaban a sacarla de sus casillas.

Suspirando, se puso crema solar en los brazos, el escote y las piernas. Sentía la mirada de Damaso clavada en ella y era casi como si estuviera tocándola.

–¿Y la espalda?

Como respuesta, Marisa se puso una camisa de lino color turquesa y vio que Damaso esbozaba una burlona sonrisa.

–Eres una mujer muy independiente.

–¿Y qué hay de malo en eso? Tú eres un hombre independiente –replicó ella.

–Nada, yo admiro la independencia. Sé que puede ser la diferencia entre la vida y la muerte.

Marisa había abierto la boca para preguntar qué quería decir con eso cuando Damaso se puso de rodillas frente a la tumbona. De inmediato, una ola de deseo calentó su sangre.

–No te has puesto crema aquí –murmuró él.

Estaba tocándola, pero no de manera sensual sino con el ceño fruncido, en un gesto de concentración, mientras ponía crema solar en su nariz como si fuera una niña.

Y Marisa no se sentía precisamente como una niña.

Las pestañas de Damaso eran largas, negras y lustrosas, enmarcando unos ojos de color chocolate. El sol hacía brillar su piel y Marisa tuvo que contener el aliento.

Lo deseaba. Deseaba que la tocase. Necesitaba su cuerpo y, sobre todo, su ternura con una urgencia que la sorprendía.

Sí, Damaso podía ser tierno cuando le convenía, pero Marisa no podía olvidar que la había dejado después de pasar la noche con ella, cuando empezaba a preguntarse si por fin había encontrado a alguien que la valoraba por sí misma.

Marisa se apartó. Nunca había deseado tanto a un hombre. ¿Serían las hormonas del embarazo?

Él la miraba fijamente, pero no podía saber lo que estaba pensando. Había aprendido a esconder sus pensamientos mucho tiempo atrás.

Damaso levantó la mano para ponerse crema en el torso y ella tragó saliva de nuevo. ¿Cómo no iba a mirarlo cuando a la luz del sol parecía una deidad, el epítome de la potencia masculina?

–¿Y esa cicatriz?

Él miró la cicatriz sobre sus costillas.

–El roce de un cuchillo –respondió, encogiéndose de hombros.

Marisa lo miró, perpleja.

–¿En serio?

–Claro.

–¿Y esa otra? –preguntó, señalando una antigua marca sobre la cadera.

–¿Por qué sientes tanta curiosidad?

No parecía dispuesto a responder, pero no se mostraba superior o burlón. Al contrario, la miraba directamente a los ojos.

–Quieres que me case contigo, pero no sé nada sobre ti.

Era la primera vez que mencionaba el matrimonio desde que llegaron a la isla, como si de mutuo acuerdo hubieran decidido evitar el tema, y se preguntó si habría abierto la caja de Pandora.

¿Intentaría Damaso convencerla para que se casara con él? Esa sería la táctica de su tío, presionarla para conseguir lo que quería.

Él se cruzó de brazos, como pensando la respuesta, hasta que por fin dijo:

–Otro cuchillo.

–¿No era el mismo?

–No.

El monosílabo no era una explicación, pero no parecía dispuesto a decir nada más.

–¿Cuando eras joven te metías en muchos líos?

Damaso negó con la cabeza.

–Me salía de líos más bien. Hay una gran diferencia.

Marisa tragó saliva. ¿Sabría que sentía la tentación de alargar la mano para explorar su torso desnudo?

Por supuesto que lo sabía. La observaba como un halcón, buscando cualquier señal de debilidad.

–Soy un superviviente, por eso sigo aquí, porque hice lo que tenía que hacer para cuidar de mí mismo. Yo nunca empecé una pelea, pero terminé muchas.

No había petulancia en su tono, lo decía con toda tranquilidad, sin vanidad alguna.

Ella había tenido problemas en la vida, pero no había tenido que pelearse para sobrevivir.

–Parece que has tenido una vida muy dura.

Algo brilló en sus ojos, algo que no había visto antes.

–Podríamos decir que sí.

Damaso se levantó abruptamente y le ofreció su mano, pero Marisa apartó la mirada, fingiendo que no se había dado cuenta. Nunca había sido una cobarde, pero se levantó sin aceptar su mano porque el menor roce de Damaso la hacía temblar.

–¿Y tú? ¿Esa cicatriz en la nuca?

Marisa torció el gesto. No podía ver la cicatriz, oculta por la coleta, de modo que debía recordarla de esa noche, cuando la había acariciado por todas partes como si quisiera memorizar cada centímetro de su cuerpo.

–Me caí de la barra.

–¿Qué?

–En el equipo de gimnasia nos subíamos a una barra de equilibrio y esto... –Marisa se llevó una mano al cuello– fue un accidente cuando estaba aprendiendo.

–¿Eres gimnasta? –exclamó Damaso, atónito.

–Lo era, ya no –respondió ella, sin poder disimular su amargura–. Soy demasiado mayor para la competición.

Pero esa no era la razón por la que ya no practicaba un deporte que la fascinaba o por qué no era entrenadora. Lo había aceptado años antes, de modo que la punzada de pena la pilló por sorpresa.

¿Podría el embarazo despertar nuevas sensaciones?

A pesar de la comodidad de la isla, Marisa no era capaz de tranquilizarse. Sus emociones estaban demasiado cerca de la superficie, tal vez después de tantos años reprimiéndolas.

–Voy a estirar las piernas un rato.

Había sido un simple intento, pero no le sorprendió que Damaso apareciese a su lado.

En silencio, caminaron un rato por la arena. En realidad se sentía cómoda en su compañía. Si pudiese olvidar a Damaso como amante...

–¿Por qué? –le preguntó cuando no pudo aguantar

más–. ¿Por qué quieres casarte conmigo? No tenemos que casarnos.

–Tus padres estaban casados, ¿verdad?

–Sí, pero esa no es una buena recomendación –Marisa no se molestó en esconder la amargura mientras se inclinaba para agarrar una caracola.

–¿No eran felices?

–No, no lo eran –murmuró ella, suspirando. ¿Por qué no contárselo? Tal vez así entendería su rechazo al matrimonio–. Fue un matrimonio concertado por razones dinásticas. Mi madre era una mujer bella, de familia aristócrata y rica, por supuesto –Marisa hizo una mueca. La familia real de Bengaria siempre había concertado matrimonios de conveniencia–. Mi padre no era un hombre cariñoso y no se entendían.

Sabía eso por las historias que le habían contado. Su madre había muerto tanto tiempo atrás que solo tenía vagos recuerdos de ella.

–Eso no significa que todos los matrimonios estén destinados a fracasar.

–¿Tus padres eran felices?

Si él había crecido en una familia unida, eso podría explicar su interés en el matrimonio.

–Lo dudo.

–¿No lo sabes?

–No recuerdo a mis padres.

–¿Eres huérfano?

–No pongas esa cara. He tenido mucho tiempo para acostumbrarme –la sonrisa de Damaso no llegaba a sus ojos.

–¿Entonces por qué quieres casarte?

–Porque quiero ser parte de la vida de mi hijo. O mi hija. No estoy interesado en ser un padre ausente. Mi hijo me tendrá a su lado para apoyarlo –anunció, con expresión implacable.

Marisa sintió un escalofrío. Parecía estar diciendo que su hijo solo lo necesitaba a él. ¿Dónde quedaba ella entonces?

Pero Marisa estaba dispuesta a proteger a su hijo pasara lo que pasara.

—No confías en que pueda ser una buena madre, ¿verdad? Me estás juzgando por lo que has leído en la prensa.

Sí, había ido a muchas fiestas, pero la realidad no se parecía nada a lo que habían descrito los medios. Su notoriedad había ganado vida propia, con historias inventadas por hombres a los que no conocía de nada...

Damaso negó con la cabeza.

—No estoy juzgándote, Marisa. Sencillamente, estoy diciendo que no voy a aceptar una relación a distancia con mi hijo.

¿De verdad estaba interesado en cuidar y proteger a ese niño o niña? Marisa haría lo que tuviese que hacer para asegurar el bienestar de su hijo y la idea era tentadora.

¿Pero cómo iba a confiar en un hombre al que no conocía?

—¿Qué clase de hombre sería si te dejase a ti toda la responsabilidad?

Damaso no sabía cuánto desearía tener su apoyo en ese momento, pero la responsabilidad sin cariño era una combinación peligrosa. Así era como Cyrill había envenenado su vida y la de Stefan.

—Tengo que pensar, Damaso...

—¿Nuestro hijo tiene derecho a tener un padre y una madre? —la interrumpió él—. ¿No merece la seguridad que los dos podemos darle?

—Sí, pero...

—No hay ningún pero, Marisa —Damaso puso las manos sobre sus hombros—. Me niego a abandonar a mi hijo. Quiero que viva seguro, cuidar de él y protegerlo de todos los peligros. Quiero que nunca se sienta solo. ¿Eso es un crimen?

De repente, era como si se hubiera quitado la máscara, revelando al hombre que era en realidad; nada que ver con el ser frío y controlador que mostraba ante el mundo. Un hombre cuyas manos temblaban por la fuerza de la emoción que veía en sus ojos.

¿Era eso lo que le había pasado? ¿No había tenido a nadie que cuidase de él, que lo protegiese?

Marisa recordó sus cicatrices o cuando hablaba de su independencia como si esa fuese la diferencia entre la vida y la muerte.

¿A qué habría sobrevivido Damaso? ¿Cuánto tiempo habría tenido que defenderse por sí mismo, sin nadie que lo ayudase?

Pero sabía que era mejor no preguntar. Damaso Pires era cualquier cosa salvo un libro abierto. Había revelado algo de su vida a regañadientes, seguramente para convencerla de que aceptase su proposición.

—Claro que no es un crimen —respondió, con voz temblorosa.

—Entonces estás de acuerdo —en los ojos de Damaso había un brillo de triunfo—. El matrimonio es la única opción.

—Yo no he dicho eso —Marisa dio un paso atrás... o intentó hacerlo porque él se lo impidió tomándola del brazo.

Su calor la envolvía impidiéndole pensar con claridad.

—Podría convencerte —Damaso inclinó la cabeza, rozando su frente con los labios—. Has mantenido las distancias desde que llegamos aquí y yo he dejado que fingieras, pero los dos sabemos que hay una conexión entre nosotros. No puedes negarla. Está ahí cada vez que me miras, cada vez que te miro. No ha desaparecido.

Pasó las manos por su espina dorsal, apretándola contra él, y Marisa dejó de respirar al notar el rígido miembro contra su vientre.

Cerró los ojos, intentando apartarse, pero no podía hacerlo. Podría escapar, pero no quería.

Al contrario, se apretó más contra él, poniéndose de puntillas, notando que él contenía el aliento. Se habría sentido triunfante si no estuviera ahogada de deseo.

Tenía razón; intentaba ignorar lo que había entre ellos. Era por eso por lo que estaba tan inquieta, no solo por el embarazo y las preguntas sobre su futuro.

Intentar mantener las distancias mientras se veían diariamente había sido inútil. Su potente carisma deshacía el control que había querido ejercer sobre sí misma.

Marisa echó la cabeza hacia atrás cuando él inclinó la cabeza para besar su cuello.

—Te gustaría que te convenciera, ¿verdad? Sería un placer para los dos. Un placer que nos hemos negado durante demasiado tiempo —su boca era ardiente y sensual, los eróticos mordiscos haciendo que sus pezones se levantasen como con vida propia.

Damaso tiró de las braguitas, haciendo que el pulso latiese entre sus piernas. Marisa se quedó sin aliento. Sería tan fácil dejarse llevar, pero el recuerdo de Andreas, con su practicada seducción, que ella había sido demasiado ingenua como para identificar le vino a la memoria. Andreas, que la había utilizado...

Damaso empezó a besar su cuello y Marisa sintió que sonreía sobre sus labios.

Sabía perfectamente cómo seducirla.

Por fin, decidida, dio un paso atrás. Respiraba agitadamente y le temblaban las piernas temblorosas como si hubiera corrido para salvar la vida. Le sorprendía haber podido apartarse cuando su cuerpo quería lo contrario.

Marisa vio varias emociones en el rostro de Damaso: sorpresa, furia, deseo y determinación.

Si volvía a tocarla, estaría perdida. Incluso sabiendo que todo era planeado para convertirla en masilla entre sus manos.

No era su seducción contra lo que luchaba sino contra sí misma.

En el silencio, lo único que oía era el latir de su sangre en los oídos.

—No —escuchó su propia voz, mirando las marcas que sus uñas habían dejado en el torso masculino.

Una cosa era dejarse llevar por el deseo cuando ambos querían, otra muy diferente dejar que un hombre se aprovechase de su debilidad.

—Por favor —dijo con voz ronca, el orgullo destrozado. Solo quería esconderse, avergonzada de haber respondido de ese modo, pero hizo un esfuerzo para abrir los ojos—. Si tienes un poco de respeto por mí, si quieres que haya alguna posibilidad para nosotros, no vuelvas a hacer eso a menos que lo sientas de verdad.

Capítulo 7

¡DAMASO, hace un siglo que no nos vemos! Esa voz ronca y sexy hizo que volviese la cabeza.

Habían pasado meses desde la última vez que Adriana, la bella modelo, compartió su cama. Una vez habría aceptado la invitación que había en sus ojos de color ámbar, pero en aquel momento no sentía nada.

Era fabulosa, desde el largo cabello negro a las curvas envueltas en un vestido de color rojo. Pero ni siquiera el recuerdo de su entusiasmo en la cama podía hacer nada para despertar su interés.

—Adriana, ¿cómo estás?

—Mejor ahora que te he visto —respondió ella, con su sonrisa de sirena, poniendo una mano en su brazo.

Damaso se apartó y la vio fruncir el ceño.

—¿No te alegras de verme?

—Siempre es un placer verte.

O lo había sido hasta que empezó a lanzar indirectas sobre su relación y a preguntar por todos sus movimientos. Las mujeres posesivas lo ahogaban.

—Pero no lo suficiente como para llamarme... perdona, no quería decir eso.

—No hay nada que perdonar —Damaso esbozó una sonrisa. Era preciosa, pero...

—Veo que tienes una nueva amiga. ¿No vas a presentarnos?

Damaso se volvió hacia Marisa, su pelo dorado sujeto en un elegantemente moño la hacía parecer más alta. O tal vez era su postura, su forma de caminar. Con el vestido azul zafiro por encima de la rodilla parecía cómoda entre la élite de Brasil. Marisa era chic, preciosa, efervescente y parecía divertirle la atención de los hombres.

Un tipo muy elegante se acercó a ella y cuando tocó su brazo Damaso tuvo que hacer un esfuerzo para no apartarlo de un empujón.

–Aunque parece que está ocupada –la voz de Adriana interrumpió sus pensamientos.

Otro hombre se había acercado al grupo, sonriendo a Marisa, que era el centro de atención.

Damaso dejó su copa sobre una mesa.

Marisa era suya. Ella aún no lo había admitido, pero lo haría. Podría haberla obligado a admitirlo unos días antes, en la isla, pero su mirada perdida, su desesperada dignidad cuando le rogó que la dejase sola lo había detenido.

Una locura porque él sabía que lo deseaba.

Ver a otros hombres babeando por ella hacía que desease partirles la cara. Todo por una mujer.

–¿Qué ocurre, Damaso? –Adriana tocó su mano–. Estás ardiendo. ¿Te encuentras bien?

Parecía preocupada de verdad. Tal vez porque era la primera vez que ella, o cualquiera, lo veía perder la compostura.

Había llevado a Marisa a la ciudad para tenerla ocupada mientras él intentaba entender lo que había pasado ese día en la playa. Los sentimientos que provocaba en él lo asustaban. Nunca desde los quince años, cuando había tenido que enfrentarse con los matones que dirigían el barrio, se había sentido tan inseguro.

Ninguna otra mujer lo había afectado como ella.

Sin despedirse de Adriana se dirigió hacia el grupo de admiradores y la conversación cesó de inmediato.

–Damaso –murmuró Marisa. Cuando sus ojos se oscurecieron deseó echársela al hombro y olvidar cualquier pretensión de civismo–. Me alegra que te reúnas con nosotros.

–¿Ah, sí? Parecías estar pasándolo muy bien –replicó él.

Marisa se encogió de hombros y Damaso intentó leer su expresión. Seguía sonriendo, pero le pareció ver una sombra en sus ojos.

–¿Qué ocurre? ¿No te gusta la fiesta?

Era una reunión de lo más chic de São Paulo, una fiesta exclusiva con la mejor música y una lista de invitados era un quién es quién de la gente más guapa y rica de la ciudad.

–Sí, estoy bien, solo un poco cansada.

–¿Cansada? ¿La mujer que nunca se cansa de una fiesta?

–A veces me canso –admitió ella, llevándose a los labios una copa de martini.

–El alcohol no es bueno para el bebé –le recordó Damaso–. Sobre todo esos cócteles tan fuertes.

Marisa hizo una mueca.

–No estoy bebiendo alcohol.

–Esa es una copa de martini.

–Pruébalo –le espetó ella, ofreciéndole la copa con tal furia que unas gotas de líquido cayeron sobre su vestido.

Damaso se dio cuenta de que la gente estaba mirando.

–Marisa...

–Pruébalo. ¿O temes que sea demasiado fuerte para ti?

A regañadientes, Damaso lo probó.

–Es zumo de fruta.

–Asombroso, ¿no? Imagínate, yo bebiendo zumo de

fruta cuando el mundo entero cree que desayuno con champán –Marisa tenía que hacer un esfuerzo para contener su furia–. No he bebido una gota de alcohol desde que supe que estaba embarazada, pero veo que mi reputación me precede. ¿Qué más has pensado, que iba a acostarme con alguno de estos hombres mientras tú charlabas con tu amiga? ¿Por eso te has acercado como un neandertal?

El brillo airado de sus ojos contrastaba con sus delicadas y serenas facciones. Cualquiera que los mirase pensaría que estaba coqueteando con él y no increpándolo.

Marisa era una experta en proyectar la imagen que quería, en disimular ante los demás, pensó entonces. Su opinión sobre ella no tenía una base sólida.

¿Su diversión mientras reía con esos hombres había sido real o fingida?

–Has tenido que apartarte de tu amiga. Supongo que será una exnovia.

–Este no es el sitio –él no daba explicaciones de su vida privada a nadie, especialmente a una mujer que lo hacía sentir como si hubiera hecho algo malo.

–Sí, claro –Marisa apartó la mirada–. Bueno, nos veremos mañana. Buenas noches.

Damaso la tomó del brazo y ella arqueó una altiva ceja, como si la hubiese desflorado con ese roce. Como ese día en la jungla, cuando lo echó desdeñosamente de la habitación. Lo molestó entonces y lo molestaba en aquel momento.

Daba igual que se mostrase superior, no pensaba soltarla.

–¿Dónde crees que vas?

–A tu apartamento. ¿Dónde voy a ir?

Parecía una doncella de hielo, capaz de congelar a cualquier hombre que se atreviese a acercarse.

Como si eso pudiera detenerlo...

Podía fingir todo lo que quisiera, él sabía lo que sentía porque sentía lo mismo.

–Estupendo, también yo quiero marcharme.

Hicieron el corto viaje en helicóptero hasta el ático en silencio. Marisa miraba por la ventanilla, como admirando las luces de la ciudad, su perfil sereno y aristocráticamente elegante.

Lo ignoraba como si no mereciese su atención y eso lo puso furioso. Él ya no era el niño pobre que había sido una vez, buscando un sitio en la sociedad. Él era Damaso Pires, un hombre poderoso, seguro de sí mismo, dominando su mundo.

Sin embargo, al ver a esos hombres comiéndosela con los ojos la rabia se había apoderado de él. La rabia y los celos.

Él nunca sentía celos.

Damaso sacudió la cabeza.

Pero los sentía por Marisa.

¿Era por eso por lo que había perdido las formas? Tenía fama de sofisticado, pero esa noche había perdido el control, como si estuviera atrapado en una piel que no era la suya.

El helicóptero aterrizó y pronto estuvieron solos en su apartamento.

Si había pensado que Marisa no querría una confrontación estaba equivocado porque se volvió, en jarras, antes de que tuviese tiempo de encender una lámpara. Con los zapatos de tacón de aguja, el collar de zafiros en la garganta y el vestido de alta costura parecía el sueño de cualquier hombre hecho realidad.

Pero eran sus ojos lo que más lo atraían. A pesar del brillo de furia que había en ellos, discernía también una sombra de tristeza.

Y era culpa suya.

–Lo siento –empezó a decir. Jamás se había disculpado y no podía creer que estuviese haciéndolo–. Creo que mi reacción ha sido exagerada.

–Desde luego que sí.

Absurdamente, su combativa actitud hacía que desease abrazarla. En el pasado se habría alejado de una mujer que le pidiese explicaciones, pero Marisa lo fascinaba de una forma que no podía entender.

–No pensaba que estuvieras bebiendo alcohol ni que fueras a irte con ningún hombre.

–¿Y debo sentirme impresionada por eso?

–No, no –Damaso se pasó una mano por el pelo, frustrado porque no sabía qué decir.

–Estoy cansada. Esto puede esperar –Marisa se dio la vuelta.

–No, espera. En la isla nos llevábamos bien.

–¿Y qué?

–Y quiero entenderte –dijo Damaso. Era cierto, por primera vez en su vida quería conocer a una mujer.

¿Qué significaba eso?

–Quiero que confíes en mí.

–¿Confiar? –repitió ella, desdeñosa–. ¿Por que iba a confiar en ti? No recuerdo que la confianza te importase mucho la noche que estuvimos juntos.

A pesar de su gesto aburrido, Damaso sospechaba que estaba levantando sus defensas.

–Tu prisa por marcharte esa noche después de acostarte conmigo fue insultante –siguió ella, sin mirarlo.

Damaso tragó saliva, avergonzado. Algo que tampoco le resultaba familiar.

Cada vez que recordaba esa confrontación se concentraba en el desdén de Marisa. Eso era más fácil que recordar como había saltado de la cama, asustado de sus sentimientos. No se había ido porque tuviese nada urgente que hacer sino por la convicción de que aquella mujer era peligrosa como no lo había sido ninguna otra.

No se había parado a pensar en ella entonces.

—No debería haberme ido como lo hice.

Marisa se encogió de hombros como si no le importase, pero él sabía que no era verdad.

—Cometí un error, pero las circunstancias han cambiado y a los dos nos interesa entendernos, ¿no te parece?

—¿Entendernos como en la fiesta, cuando pensabas que estaba bebiendo alcohol?

—Me equivoqué de nuevo —Damaso suspiró, frustrado. Estaba pisando un territorio poco familiar, pero tenía que hacerlo por su hijo—. Sé que te escondes tras esa sonrisa desdeñosa —añadió, sabiendo que era la verdad. ¿Cuántas veces la había visto sonreír a la gente? Sin embargo, cuando estaba sola había en ella un aire de tristeza que no podía disimular.

—Ah, ahora eres un experto en mis sentimientos —dijo ella, burlona.

Pero Damaso no mordió el anzuelo. La conocía, aunque Marisa no quisiera admitirlo, y sabía que estaba intentando enfadarlo para no dejar que se acercase.

Pero él quería acercarse. ¿De qué otro modo iba a conseguir lo que quería?

—No soy un experto, pero sé que la mujer que describe la prensa no eres tú. Sé que no eres frívola sino una persona profunda, con muchos secretos, con muchas penas.

Una mujer frívola e irresponsable no tendría paciencia para ser fotógrafa. La había visto totalmente concentrada en la selva, fotografiando aves, mariposas, plantas. Y era entonces cuando parecía más feliz.

¿Por qué le enfadaría no poder trabajar si solo quisiera ir de fiesta? ¿Y por qué no aprovechaba la oportunidad de casarse con un multimillonario que podría comprar Bengaria si quisiera?

Debería haberse hecho esas preguntas cuando, pudiendo comprar todo lo que quisiera en las mejores boutiques de São Paulo, había vuelto al apartamento solo con el vestido que llevaba puesto.

–No digo que sepa quién eres, Marisa –Damaso no podía disimular que estaba disgustado consigo mismo–. Pero me gustaría saberlo.

–Pues tienes una extraña manera de demostrarlo. Me dejaste sola en cuanto llegamos a la fiesta.

Era cierto. Una vez más, había cometido un error. Había pensado que lo mejor sería darle un poco de espacio para que se relajase...

–¿Estabas nerviosa? –Damaso frunció el ceño.

–No estaba nerviosa, sino incómoda. Me habría gustado... –Marisa se encogió de hombros–. Déjalo, da igual.

–No da igual. Dímelo.

–Digamos que zafarme de preguntas sobre nuestra relación y el embarazo no es la mejor manera de relajarse entre un montón de extraños.

–¿Alguien ha tenido valor para preguntarte? –Damaso no se había parado a pensar en eso. Creía que ser su acompañante la protegería.

Y, de nuevo, se sintió culpable.

¿Qué le pasaba? Normalmente, él siempre iba por delante de los demás, no seis pasos por detrás.

–No directamente, pero... –Marisa se encogió de hombros–. No ha sido una noche muy agradable.

–No debería haberte dejado sola.

Ella arqueó una pálida ceja.

–Pero lo has hecho.

–¿Quién se ha atrevido a insultarte?

–Nadie me ha insultado, pero algunos de los hombres...

–Me lo imagino –la interrumpió él. Podía imaginarlo demasiado bien.

Damaso se pasó una mano por la nuca. Si hubiera pensado con claridad se habría dado cuenta de que dejarla sola era como decir que estaba libre.

Y Marisa era una mujer preciosa, una princesa. Pero no estaba disponible porque era suya.

–Lo siento –era una disculpa tonta, pero no podía hacer otra cosa–. Debería haber estado a tu lado.

No estaba acostumbrado a aceptar responsabilidad por nadie más que por sí mismo, pero maldecía su fracaso.

Marisa se acercó a la ventana con la espalda recta, los hombros erguidos.

–Yo estoy acostumbrada a defenderme por mí misma y esta noche no ha sido diferente.

Pero lo era porque él la había puesto en esa situación.

Nunca se había sentido culpable salvo con ella. Nunca había sentido lo que sentía con ella.

Marisa se reiría de él si lo supiera, pero la verdad era que la deseaba con un ansia desconocida desde el día que se conocieron. Deseaba su cuerpo, pero también su compañía, su sonrisa, su atención.

Quería mantenerla a salvo.

Quería...

–No estoy acostumbrado a disculparme. No sé si sirve de algo, pero de verdad lo siento. Todo lo que ha pasado.

Marisa asintió con la cabeza. Debía tener cuidado, pero durante las últimas semanas había visto a un hombre al que podría amar. Luchaba desesperadamente para mantener las distancias, pero una parte de ella quería rendirse, dejarse convencer por él. Confiar en él.

Poniendo una mano en su hombro, firme pero suave,

Damaso le dio la vuelta. A la luz de la lámpara, sus ojos eran inescrutables, pero la intensidad de su mirada hizo que algo se encogiera en su pecho.

–No debería haberte puesto en esa situación. Pensé que lo pasarías bien, pero veo que estaba equivocado.

–No soy una niña, no tienes que pensar por mí.

Pero así era como la veía y no era sorprendente dada su reputación. La prensa la había crucificado y ella no había vivido una vida de monja precisamente. Ir de fiesta cada noche había sido una especie de liberación, pero se había aburrido enseguida.

–Créeme, Marisa –dijo Damaso, su acento más marcado que nunca–. Sé que no eres una niña.

Sería tan fácil para él seducirla... ¿cómo iba a resistirse cuando lo único que quería era rendirse?

–Y tampoco me acuesto con cualquiera –le advirtió. No iba a usarla para calentar su cama después de haber discutido con su novia.

–Lo sé.

–Pero en la fiesta...

–En la fiesta no podía ver porque me cegaban los celos.

–¿Celos?

Para estar celoso tendría que importarle. Había investigado en Internet y sabía que Damaso había tenido muchas amantes, pero no mantenía relaciones largas.

–No creo que tú estés celoso de nadie.

–¿No? –Damaso tomó su mano y la puso sobre su pecho.

–Dormiste ahí, ¿te acuerdas? Con tu cabeza sobre mi pecho, tu pierna sobre mi estómago.

Su voz era hipnótica, llevándola a sitios donde nada existía salvo ellos dos y el deseo que nublaba su mente. El deseo, el anhelo y la felicidad que había encontrado brevemente con él.

–No, Damaso –Marisa intentó apartarse, pero él no soltaba su mano–. ¿Por qué no te vas con tu novia? –el temblor de su voz revelaba demasiado.

–No es mi novia –la mirada de ébano capturó la suya, dejándola sin aliento–. Dejó de serlo mucho antes de conocerte. Además, no deseo a ninguna otra mujer –lo decía como si fuese verdad y a Marisa se le dobla-ron las rodillas.

–No juegues con esto –le advirtió.

–Yo nunca juego, Marisa. Nunca. Pregúntale a cual-quiera, no es mi estilo.

–Pues claro que juegas –su voz sonaba una octava de-masiado alta. ¿Era porque estaba tocándola o por el brillo de sus ojos? No estaba segura, pero tenía que apartarse–. Intentaste seducirme hace unos días y acordamos...

Él puso un dedo sobre sus labios.

–Y tú dijiste que no lo hiciera a menos que lo sin-tiese de verdad. Te deseo, Marisa –Damaso se inclinó, acariciándola con su aliento–. No sabes cuánto.

–No mientas. Solo me deseas porque voy a tener un hijo.

Nunca había encontrado a un hombre en el que pu-diese confiar, todos buscaban algo. Y ya no era ella sola quien estaba en peligro sino su hijo, de modo que debía mantener la cabeza fría y tomar las decisiones más acer-tadas para el futuro–. Quieres tenerme segura, atra-parme en ese matrimonio.

El corazón de Marisa se lanzó a un loco galope y Damaso esbozó una sonrisa que convirtió sus entrañas en fuego.

–Es cierto que saber que llevas dentro a mi hijo me parece muy erótico –su voz era ronca, invitadora.

Damaso metió una pierna entre las suyas, empu-jando hacia arriba. Y Marisa dejó escapar un suspiro al entrar en contacto con su erección.

Su nuez subía y bajaba como si estuviera nervioso y, sin embargo, eran sus nervios los que estaban destrozados.

–Ahora es en serio, Marisa. Te deseo. Te he deseado desde el momento que te vi –dijo con voz ronca–. Es algo más que el bebé, o lo que piensen los demás. Es sobre ti y sobre mí. Ahora mismo lo único que me importa es lo que me haces sentir y cómo te hago sentir yo.

A pesar de todo, Marisa quería creerlo. Cuánto le gustaría.

Él depositó un beso en la palma de su mano y se le doblaron las rodillas.

–¿Podemos olvidarlo todo y empezar otra vez? –su voz ronca era una tentación.

–¿Por qué? –Marisa se agarraba a sus hombros para no caer al suelo–. ¿Qué es lo que quieres?

–Quiero que seamos Damaso y Marisa, solo eso.

Damaso y Marisa.

¿Sabía lo maravilloso que sería eso? ¿Lo real y sencillo, lo tentador que sería?

Damaso inclinó la cabeza y, suspirando, Marisa capituló por fin, dando la batalla por perdida.

Capítulo 8

CUANDO Damaso se inclinó para besarla Marisa levantó la cabeza, ofreciéndole sus labios. El beso ardiente, exigente y apasionado la envió a otro mundo.

Se agarró a sus anchos hombros buscando más; su rendición despertando un gruñido de satisfacción que sintió hasta en lo más hondo.

Necesitaba aquello como no había necesitado nada en toda su vida.

Incluso la noche que habían compartido, cuando esperaba que Damaso fuese diferente a los demás, había evitado entregarse del todo. No había querido entregarle su alma, pero los labios de Damaso hacían que perdiese el control.

Sabía que era deseo físico, pero había algo más a lo que no podía poner nombre, algo fuerte y puro que la llenaba de felicidad.

Aquello era perfecto... no, más que eso, era lo que siempre había soñado.

Dejando de intentar ponerle nombre, Marisa le echó los brazos al cuello e inclinó a un lado la cabeza para que la devorase.

Si era una derrota, era una derrota gloriosa.

Los besos de Damaso eran diferentes a los de Andreas. Potentes, hambrientos, salvajes. Y los afectaban a los dos del mismo modo.

Registró el convulso movimiento de sus manos en

su cintura mientras se apretaba contra ella, como intentando fundirse.

El aire estaba cargado de electricidad.

Marisa no se sorprendió cuando un relámpago iluminó el cielo y un trueno rompió el silencio de la noche. Era como si los elementos hubieran sido desatados por la pasión que había entre Damaso y ella.

De repente, sintió algo frío y duro rozando sus hombros desnudos. Él la había empujado contra el ventanal de cristal reforzado y el frío cristal hacía más intenso el calor de Damaso. Era como un horno.

Y, avariciosamente, Marisa quería ese calor para ella.

—Damaso —susurró, empujando los pechos hacia delante mientras él la acariciaba por todas partes.

Un murmullo gutural escapó de la garganta masculina. Ella no entendía portugués, pero su cuerpo respondía a la urgencia del tono.

Empezó a desabrochar los botones de su camisa, tirando de ellos hasta que pudo tocar su piel desnuda. Quería enterrar la cara en su torso, pasar la lengua por la suave piel...

Estaba intentando librarse del último botón cuando Damaso apartó sus manos y Marisa tuvo que morderse los labios para no gemir de desilusión.

Necesitaba tocar su cuerpo.

Quería...

Damaso, impaciente, tiró de la camisa, rasgándola, los botones volando por la habitación. Luego tomó sus manos para ponerlas sobre los sólidos pectorales, mirándola a los ojos.

—Eres tan apuesto —murmuró Marisa.

Él sacudió la cabeza.

—Tú eres perfecta, querida. Nunca he conocido a una mujer más perfecta que tú.

–Yo no...

Damaso puso un dedo sobre sus labios y cerró los ojos cuando ella sacó la lengua para chuparlo.

–Eres perfecta para mí –su tono no admitía discusión–. Eres exactamente lo que deseo.

Por qué esa afirmación tocaba su alma, Marisa no lo sabía.

Cuando Damaso la miraba de ese modo, cuando decía que la deseaba a ella y solo a ella, su corazón daba un extraño salto. Damaso Pires tocaba una parte de ella que había mantenido escondida durante toda su vida, la parte que ansiaba amor.

–Deja de pensar –dijo él, mientras le quitaba las horquillas del pelo para dejarlo caer sobre sus hombros–. Solo somos tú y yo, Marisa y Damaso –añadió, deslizando un dedo por su escote–. Di que sí, Marisa.

Ella se pasó la lengua por los labios.

–Sí, Damaso –murmuró.

Daba igual a qué estuviera diciendo que sí. Fuese lo que fuese, lo necesitaba; era un tesoro para ella. Por primera vez en su vida no solo se sentía guapa sino bella, por dentro y por fuera. Nadie más la había hecho sentir así.

–Marisa...

Fuera resonó otro trueno, pero era la ternura en la voz de Damaso lo que la hacía temblar. Su ternura y cómo enterraba una mano en su pelo, sujetándola mientras devoraba sus labios.

¿Cómo podía un beso hacer que le temblasen las rodillas?

Casi esperaba ver una sonrisa de satisfacción en su rostro, pero solo veía un control fiero.

De repente, Damaso se puso de rodillas frente a ella y Marisa tembló cuando levantó el vestido, apretando los muslos al sentir una oleada de líquido deseo.

Damaso se detuvo un momento al ver las braguitas color azul claro y luego apartó a un lado la tela, desnudándola a su mirada.

Marisa respiraba con dificultad. Había algo increíblemente erótico en verlo de rodillas frente a ella, estudiándola con tanta intensidad, como si estuviera mirando un tesoro.

–Llevas a mi hijo ahí dentro –murmuró, tocando su abdomen.

Antes de que Marisa pudiese pensar o hacer algo, Damaso inclinó la cabeza para besar su abdomen una y otra vez.

Se sentía adorada, vulnerable, diferente. Su expresión, la ternura que había en esos besos, creaba un momento de emoción inigualable. Era una diosa viva, el epítome de la feminidad, creadora, madre y seductora a la vez.

La reacción de Damaso era auténtica, estaba segura. ¿Podría su embarazo forjar una relación entre ellos?

Sonriendo, Damaso deslizó una mano por la delicada seda de las braguitas y luego tiró de ellas hacia abajo.

–¡Eran nuevas! –protestó Marisa,

Él sonrió de nuevo.

–Eran un estorbo.

No pudo decir nada más. Sintió una convulsión cuando Damaso puso los labios en su centro. Un roce de su lengua y pensó que iba a desmayarse.

–¡Damaso! –gritó, enredando los dedos en su pelo, sujetándolo allí, sin saber si apartarlo o empujarlo hacia ella.

Porque la tormenta estaba dentro, los relámpagos y los truenos, hasta que, dejando escapar un grito de agonía, se rompió.

Marisa sintió que caía a un precipicio, pero Damaso

la sujetaba. Sintió algo húmedo en la cara y, mareada, se dio cuenta de que una lágrima rodaba por su rostro.

Pensó que jamás podría recuperarse de aquella delicia, de aquella euforia.

—Yo nunca... —un nudo en la garganta le impedía hablar. ¿Cómo iba a explicarle lo que había sentido, la mezcla de placer y alivio que creaba una tormenta perfecta?

—Calla, *minha querida*. No pasa nada, estás a salvo.

Y era cierto. Sabía que estaba protegida. El calor y la fuerza de Damaso la envolvían como un capullo.

Cuando él intentó apartarse, Marisa lo sujetó.

—No, no te vayas.

—No quiero aplastarte.

—Te necesito.

¿De verdad había dicho eso?

De repente, se encontró sobre Damaso, duro, fuerte, espectacularmente excitado.

—Lo siento —su pierna rozó su erección por encima de los pantalones.

—No pasa nada, relájate.

Marisa apoyó la cara en su cuello y respiró el delicioso aroma de su piel, besándolo, sintiéndolo temblar.

Agotada, abrió los ojos para ver un primer plano del hombro de Damaso y lo rozó con la lengua, saboreando su piel.

—¡No! —exclamó él.

—¿Por qué no? —le preguntó, bajando la mano para tocar el bulto bajo el pantalón.

Su respuesta gutural era en parte protesta, en parte aprobación.

—Porque no estás preparada.

Marisa movió la mano arriba y abajo para provocarlo y notó que apretaba sus dedos, respirando agitadamente.

El poder era suyo, lo tenía a sus pies.

–Deja que eso lo decida yo.

Deliberadamente, se inclinó para besar un diminuto pezón, metiéndolo en su boca...

Unos segundos después estaba tumbada en el sofá, la lengua de Damaso enredándose con la suya, exigiendo... y Marisa le devolvía cada beso.

Necesitaba que la hiciese suya. A pesar del clímax anterior, había un vacío en su cuerpo que solo él podía llenar.

Damaso se desnudó a toda prisa para colocarse entre sus piernas. Con los brazos apoyados a cada lado del sofá, sus ojos ardían mientras se la comía con la mirada. Pero se quedó inmóvil durante tanto tiempo que Marisa pensó que había cambiado de opinión. ¿O estaba esperando para ver si lo había hecho ella?

Bajó la mano y lo acarició, seda ardiente sobre rígido acero. En un segundo, Damaso apartó su mano y se colocó en el sitio que ella quería, suspirando de placer.

Marisa levantó las caderas, pero él se tomaba su tiempo, centímetro a centímetro.

Estaba matándola y abrió la boca para decírselo, pero la cerró al ver que tenía el ceño fruncido, la frente cubierta de sudor, los tendones del cuello a punto de explotar, los dientes apretados.

También él estaba muriéndose.

–No me voy a romper –le dijo, con un hilo de voz.

Damaso abrió los ojos y Marisa se preguntó si veía con claridad porque parecía incapaz de centrar la mirada, como si estuviera ciego.

Lentamente, él sacudió la cabeza.

–El bebé.

¿Tenía miedo por el bebé?

Marisa parpadeó, emocionada. Al principio se había

dicho a sí misma que no estaba preparada para tener un hijo. Le daba miedo la responsabilidad de ser madre, pero tenía la profunda convicción, como un instinto primitivo, de que querría a aquel bebé con toda su alma y haría cualquier cosa para protegerlo.

Y Damaso también. Era una convicción visceral, más profunda que nada que hubiese experimentado antes.

Le importaba de verdad, había abierto su corazón a un bebé que aún no había nacido.

¿Podría abrirle su corazón a ella también?

De repente, se sintió embargada por una ola de emoción.

«Suyo», le decía una vocecita. Damaso era suyo.

—El niño está bien —susurró.

—¿Cómo lo sabes?

Era un instinto tan viejo como el tiempo, pero Marisa sabía que eso no iba a convencerlo y se concentró en algo más tangible.

—La ginecóloga me lo dijo.

Damaso dejó escapar un suspiro de alivio.

—Aun así... —se movía tan lentamente que era una exquisita tortura.

Era tan obstinado. ¿Pero cómo iba a protestar cuando quería proteger algo tan precioso?

Marisa puso las manos en sus hombros para besar su mentón, su oreja, sintiendo la fricción del vello contra sus pechos, su respiración jadeante.

—Te deseo ahora —susurró mordiendo la curva de su cuello.

Damaso empujó un poco más.

—Sí, así.

—Marisa... —su tono de advertencia se convirtió en un gemido cuando envolvió las piernas en su cintura. Por un momento, se contuvo, pero luego perdió el control y embistió con fuerza, un ritmo compulsivo.

Marisa se agarró a su cuello cuando aquel hombre grande y poderoso por fin se dejó llevar por una pasión incontenible.

El sexo con Damaso había sido espectacular.

Hacer el amor con él era indescriptible.

Marisa lo abrazó, abrumada, sintiendo que compartían algo profundo. El ritmo de sus embestidas se volvió enloquecido, sin control, y cuando inclinó la cabeza para rozar uno de sus pezones con la lengua, el nuevo clímax la transportó a otro mundo.

Capítulo 9

LA TORMENTA había pasado y el golpeteo de la lluvia en los cristales debería haberlo adormecido, pero Damaso no era capaz de conciliar el sueño.

Estar con Marisa lo distraía como nadie. Las sábanas arrugadas en el dormitorio de invitados, al que había llegado con ella en brazos porque no podía esperar más, dejaba eso bien claro.

Se había prometido a sí mismo que no volvería a tocarla después de hacer el amor en el sofá. Creía que podría contener el deseo de enterrarse en ella de nuevo, pero su fuerza de voluntad desaparecía cuando estaba con Marisa.

Esperaba que la ginecóloga estuviera en lo cierto. La lógica le decía que el sexo no le haría daño al bebé, pero sentía un profundo miedo de hacer algo mal.

Suspirando, Damaso puso las manos en su nuca y miró el techo de la habitación. Su determinación era legendaria... hasta que la conoció a ella.

¿Cómo lo hacía? ¿Cómo había logrado que olvidase su decisión de ir despacio?

Aquello no era lo que había planeado. Sí, la quería en su cama y la mejor manera de atarla a él era el sexo. Habría usado esa táctica o cualquier otra para convencerla de que casarse era lo mejor para los dos.

Sin embargo, a pesar de tenerla donde quería, Damaso se daba cuenta de que las cosas no eran tan sencillas.

Esa noche no había sido como otras noches, con otras mujeres. Había perdido el control. De hecho, su falta de control había sido espectacular.

Lo que sintió al darse cuenta de que había hecho daño a Marisa suponiendo erróneamente que iba de cama en cama. O cuando se puso de rodillas ante ella y besó a la mujer que llevaba a su hijo...

Cuando Marisa se deshizo entre sus brazos, su vulnerabilidad había roto algo en él, algo que no podía ser arreglado.

Cada vez que llegaba al clímax parecía como si perdiese algo de sí mismo en ella.

Pero aquello era absurdo.

–¿Damaso? –la voz de Marisa, medio dormida, era tan dulce y tan tentadora como la miel.

Se recordaba a sí mismo con veinte años, un chico de los barrios más pobres de Brasil, que había salido adelante con una mezcla de determinación, trabajo y suerte. Había dejado atrás el pasado y creía saberlo todo: cómo conseguir un negocio, donde estaban los mayores beneficios, cómo satisfacer a una mujer, cómo protegerse a sí mismo en calles mucho más seguras y respetables que en las que había crecido.

Recordaba su primera reunión en un hotel... Damaso, haciendo lo que hacía su interlocutor, comía mientras hablaba, intentando no parecer demasiado ansioso. Pero nunca había comido pan con mantequilla y se había hecho adicto de inmediato.

Una cosa tan sencilla, algo que los demás daban por sentado...

Sin embargo, privado de todo, el pan con mantequilla había sido un lujo para él, algo de lo que solo había oído hablar.

–¿Damaso? ¿Qué te ocurre?

Él esbozó una sonrisa.

–Nada –respondió–. Duerme, debes estar cansada.

Marisa puso una mano sobre su torso y Damaso contuvo el aliento.

–Abrázame.

Parecía tímida, nada que ver con la mujer que había hecho el amor con él una y otra vez.

¿También a ella le perseguiría el pasado?

Qué poco sabía de Marisa.

En silencio, tiró de ella para envolverla en sus brazos, empujando su cabeza contra su pecho antes de cubrirla con la sábana.

Tenerla entre sus brazos era increíblemente satisfactorio. Era tan suave, tan dulce, como si estuviera hecha para él.

–No debería haberte dejado sola en la fiesta.

Estando desnuda se daba cuenta de lo pequeña que era. Tenía mucha energía y un carácter tremendo, pero eso no significaba que pudiese luchar sola contra el mundo.

–Eso ya lo has dicho –murmuró Marisa.

Sí, era cierto. Él no solía cometer errores y, sin embargo, no podía sacudirse el sentimiento de culpa por haberla convertido en objeto de una atención que no deseaba.

–En cualquier caso, lo siento.

–Olvídalo, ya no tiene importancia. Yo siento haber perdido los nervios en público. Me temo que eso habrá dado lugar a comentarios.

¿Marisa disculpándose? Tal vez estaban haciendo progresos. Damaso acarició su espalda, disfrutando de la sensual curva y de cómo se arqueaba ante sus caricias.

–Ha sido culpa mía.

–Todo el mundo espera lo peor de mí gracias a los artículos en las revistas.

–Lo que cuentan las revistas no tiene nada que ver contigo.

–Prefiero no hablar de ello.

–Yo sé que no tiene nada que ver contigo.

–Pero no puedes saberlo con certeza –dijo ella–. Apenas me conoces.

–Te conozco lo suficiente.

–No tienes que fingir.

–No estoy fingiendo, Marisa. No conozco los detalles de tu vida, pero sé que no eres la mujer que describen las revistas –Damaso hizo una pausa–. Al principio lo creí porque no te conocía, pero cuanto más tiempo paso contigo más veo que están equivocados. Y que eres alguien a quien me gustaría mucho conocer.

Marisa lo intrigaba. Más que eso, había descubierto que le gustaba incluso cuando se enfadaba o se negaba a casarse con él.

–¿Por qué no me lo cuentas?

–¿Por qué iba a hacerlo? –le preguntó ella, recelosa.

–Porque sé que estás dolida y hablar de ello sería una forma de desahogarte.

Sus palabras eran sorprendentes incluso para él. Aunque lo había dicho de corazón.

¿Desde cuándo quería ayudar a nadie? Él era un solitario. Jamás había tenido una relación larga, no hablaba ni pensaba en sentimientos, no tenía tiempo para eso. Pero allí estaba, ofreciéndole su hombro para llorar en él.

Y era sincero.

Si no tenía cuidado, aquella mujer cambiaría su vida. Ya lo hacía preguntarse sobre tantas cosas...

–¿Por qué? ¿Porque se te da bien escuchar? –replicó ella. Pero el tono irónico no enmascaraba su dolor.

–No tengo ni idea –respondió Damaso–. ¿Por qué no probamos?

No dijo nada más. Esperó, acariciando su sedoso pelo, su espalda.

Y cuando Marisa empezó a hablar se quedó sorprendido.

–Tenía quince años cuando la prensa empezó a perseguirme. Siempre me habían hecho fotografías... era inevitable. Mi hermano y yo éramos huérfanos, los hijos del difunto rey de Bengaria. Cada vez que aparecíamos en público los fotógrafos se volvían locos –sus palabras estaban cargadas de amargura–. Aunque nadie se molestaba en preguntarnos si estábamos bien, si necesitábamos algo.

Damaso escuchaba en silencio. Sabía que la relación con su tío no era buena, pero era mejor no interrumpirla.

–Stefan y yo estábamos acostumbrados al interés de la prensa, pero a los quince años, cuando hice las pruebas para el equipo nacional de gimnasia, los medios empezaron a perseguirme. Era una novedad que una princesa compitiera con chicas normales... alguien empezó a decir que yo era una frívola que iba de fiesta todas las noches y que salía con un hombre detrás de otro. O que iba de diva con el resto de mis compañeras.

–¿Quién fue?

–¿Qué?

–¿Quién inventó esa historia?

–¿Me crees?

–Por supuesto –respondió Damaso. No se le había ocurrido pensar que pudiera estar mintiendo. Todo en ella, desde la emoción contenida a la evidente tensión, decía que estaba contando la verdad–. Además, dudo que tuvieras energía para ir de cama en cama si estabas compitiendo. Y no eres una diva, a pesar de tu título.

La había visto altiva y distante cuando le convenía, pero también había visto lo accesible que era para todo el mundo durante la excursión y lo amable que era siempre con el servicio.

Marisa apoyó una mano en su torso, levantando un poco la cabeza.

–Aparte de Stefan, tú eres la primera persona que me cree. Bueno, y mi entrenadora –su tono escondía más de lo que revelaba y Damaso se preguntó lo que habría sentido al no poder defenderse de esas acusaciones siendo tan joven.

Al menos entonces tenía a su hermano.

–Imagino que la gente de palacio intentaría hacer algo.

Marisa volvió a tumbarse, suspirando.

–Debería haber sido así, pero no hicieron nada. Mi tío nunca había aprobado mi pasión por la gimnasia porque pensaba que no correspondía a una princesa. Desaprobaba que llevase leotardos, que sudase en público y, especialmente, que apareciese en televisión. Y en cuanto a competir con gente que no era de sangre real...

–¿Le pidió al personal de palacio que no te apoyase? –la interrumpió Damaso, con el ceño fruncido.

Él sabía lo dura que era la vida de los atletas de élite. Conocía a muchos futbolistas de la selección brasileña y sabía que se les exigía una dedicación total.

Marisa se encogió de hombros.

–Nunca lo descubrí, pero el comité de gimnasia decidió que era contraproducente mantenerme en el equipo porque la atención de la prensa afectaba a todo el mundo. Una semana después de cumplir los dieciséis años me echaron del equipo.

Damaso tuvo que contener el deseo de abrazarla con todas sus fuerzas. Que no llorase mientras contaba esa historia hacía que se le encogiera el corazón. ¿Cuántas veces habría tenido que disimular sus emociones?

–Muy conveniente para tu tío –comentó.

–Eso es lo que decía Stefan, pero nunca pudimos demostrar nada.

Damaso sabía que detestaba al nuevo rey de Bengaria, que incluso hablar por teléfono con él la había puesto enferma. El resentimiento contra su tío debía ser muy profundo. ¿Sería posible que Cyrill hubiera filtrado esas historias a la prensa?

–Es demasiado tarde para eso.

–¿Porque el daño ya está hecho?

–Da igual que una mala reputación sea o no merecida. En cuanto algo aparece en la prensa toma vida propia –Marisa suspiró–. Te asombraría lo que puede hacer un pie de foto malintencionado. La gente de palacio nunca me ayudó, pero sobreviví. De hecho, aprendí a disfrutar de los beneficios de esa notoriedad. Siempre me invitaban a las mejores fiestas...

Damaso se apoyó en un codo para mirarla a los ojos, intentando leer sus pensamientos. El instinto le decía que no estaba acostumbrada a hacer confidencias. Era una mujer fuerte que solo confiaba en sí misma porque no había podido confiar en nadie más. Como él, a pesar de sus distintas historias.

Marisa no quería seguir hablando del asunto, pero él quería saberlo todo sobre ella. A pesar de ese tono de aparente despreocupación, su fragilidad lo intrigaba.

–Salvo cuando quisiste algo más –empezó a decir–. El otro día me contaste que habías querido trabajar, pero el acoso de la prensa no te lo permitió.

Marisa se encogió de hombros, pero el gesto ya no lo engañaba.

–De todas formas habría sido imposible. No tengo la titulación necesaria –Marisa levantó la barbilla en un gesto que le recordaba esa mañana en el hotel, cuando pasó de sirena a emperatriz en un instante. Era un mecanismo de defensa–. No terminé mis estudios y, a menos que quieran contratarme para hacer reverencias o charlar de naderías con aristócratas y diplomáticos, mi preparación no sirve para conseguir un puesto de trabajo.

–Castigarte a ti misma no sirve de nada.

–Es la verdad, Damaso. Soy realista.

–Yo también lo soy.

Y lo que veía era una mujer que estaba herida, pero había sido condicionada desde la infancia para no demostrarlo.

Debería agradecer que no estuviese llorando sobre su hombro, pero no era así. Le dolía en el alma que fuese juzgada injustamente. Le gustaría agarrar a su tío del cuello, y a las pirañas de los medios de comunicación, y obligarlos a pedirle disculpas.

Le gustaría abrazar a Marisa hasta que olvidase el dolor, pero seguramente ella lo apartaría de un empujón. Además, ¿qué sabía él de ofrecer consuelo?

–Vamos a hablar de otra cosa, Damaso. Estoy cansada.

Pero él no podía dejarlo.

–Así que hiciste honor a tu mala fama porque no podías luchar contra ella –siguió–. ¿Quién no lo hubiera hecho en esas circunstancias? Pero yo sé que no eres promiscua.

–No olvides que, además, tomo drogas y me gusta el juego –se burló ella.

Damaso inclinó a un lado la cabeza. ¿Por qué decía eso? ¿Se refugiaba en su mala reputación para no compartir intimidades con él?

–¿Y es verdad? ¿Has tomado drogas y perdido una fortuna en los casinos?

–Perdí mi permiso de conducir hace dos meses y medio por ir al doble de la velocidad permitida en los alrededores del palacio.

Dos meses y medio.

–¿Cuando tu hermano murió?

–No quiero hablar de Stefan –Marisa iba a levantarse de la cama, pero Damaso se lo impidió–. Ya te he dicho que estoy cansada, no quiero seguir hablando –su tono era tan altivo que Damaso experimentó una olvidada vergüenza, como si fuera de nuevo el chico de los barrios bajos que se atrevía a tocar a una princesa con sus sucias manos.

–Sé que no tomas drogas, Marisa. Y en cuanto al juego... has tenido oportunidad de ir a un casino desde que llegamos aquí, pero no has mostrado el menor interés –Damaso hizo una pausa–. De modo que queda tu reputación con los hombres.

–No soy virgen –dijo Marisa.

Y él lo agradecía infinito.

–¿Cuántos hombres ha habido en tu vida?

Marisa intentó levantarse de nuevo, pero él la sujetó.

–No puedes preguntarlo en serio.

–Completamente.

–Los suficientes –respondió.

–Convénceme.

Marisa lo empujó contra la almohada y bajó una mano para agarrar su miembro viril,

Pero había algo raro, Damaso sentía su tensión, como si estuviera nerviosa. La apartó, tumbándola de espaldas y aprisionándola con el peso de su cuerpo.

–No vuelvas a hacer eso a menos que lo sientas de verdad.

Estaba intentando distraerlo y lo sabía.

Lenta, tiernamente, se inclinó para darle un beso en la nariz, en la mejilla. Cuando legó a la base de su cuello, su pulso era frenético y la besó allí,para buscar una respuesta.

Marisa lo deseaba. Lo había deseado desde el principio, pero intentaba distraerlo para evitar sus preguntas.

–¿Cuántos hombres, Marisa?

La oyó suspirar en la oscuridad y siguió besándola, acariciando sus pechos mientras ella enredaba los dedos en su pelo.

–Eres un demonio, Damaso Pires.

–Eso me han dicho muchas veces –asintió él–. ¿Cuántos? –deliberadamente, apartó las manos para que Marisa admitiese la derrota.

–Dos –respondió.

–¿Dos? –Damaso no daba crédito. ¿Solo dos hombres antes que él?

–Bueno, uno y medio en realidad.

–¿Cómo puede ser medio hombre?

Marisa abrió los ojos y, por un momento, podría jurar que veía un brillo de dolor en sus ojos.

–El primero me sedujo para pavonearse ante sus amigos. Después de eso me resultaba imposible confiar en un hombre, así que el segundo no llegó tan lejos como esperaba.

–¿Pero conmigo no te importa?

–No, no me importa. Incluso creo que podría disfrutarlo.

¡Creía que podría disfrutarlo!

Era un reto y Damaso se aseguró de que lo disfrutase antes de terminar.

Por fin, con ella sobre su pecho, totalmente saciada y adormilada, supo que soñaría con algo agradable, no con las decepciones y las penas del pasado.

Sabía que solo le había contado la mitad de la historia, pero era suficiente. Engañada por su primer amante, desdeñada por su tío, que debería haberla protegido, humillada por la prensa... ¿quién había estado de su lado?

Su hermano gemelo, Stefan, que había muerto unos meses antes.

Damaso había pensado que la pasión que compartió con Marisa esa primera noche era el producto de la pasión de dos libidos sanas y una simple atracción mutua. Pero recordaba la expresión de Marisa mientras subía por las rocas, en la catarata. Estaba perdida en su propio mundo y su mirada lo asustó. ¿El dolor la habría empujando a sus brazos?

Tuvo que tragar saliva mientras los primeros rayos del sol entraban por la ventana. Solo había tenido un amante antes que él. Uno.

Le gustaría pensar que era puro magnetismo, pero eso no parecía posible en una mujer que escondía su falta de experiencia.

Había un mundo de dolor en su voz mientras hablaba del hombre que la había traicionado y Damaso tuvo que hacer un esfuerzo para controlar su ira.

Marisa le parecía sexy, divertida. Su actitud altiva parecía querer decir que le importaba un bledo lo que pensaran los demás, pero él había descubierto a una mujer con la que había que ir con cuidado. Su fachada era impenetrable. No sabía dónde terminaba la persona pública y dónde empezaba la persona real, pero una cosa era segura: tras la máscara de altivez y despreocupación había una mujer profundamente dolida.

Distraído, empezó a acariciar su pelo. La deseaba de nuevo, con un ansia que era casi imposible de domeñar. Si hubiera sido la mujer que él había pensado no tendría escrúpulos en tomarla de nuevo, pero no lo era.

Marisa era una mezcla única de fragilidad y fuerza, una mujer que necesitaba la clase de hombre que él no podía ser.

Por primera vez en años, se sentía inadecuado. Él no sabía cómo lidiar con una persona tan herida por la vida. Había experimentado tantos traumas de niño que se había olvidado de los sentimientos... hasta que conoció a Marisa.

Y no sabía cómo darle lo que necesitaba.

Su vulnerabilidad lo hacía sentir como un patán que había destrozado su vida dejándola embarazada.

Un hombre mejor que él lo lamentaría.

Un hombre mejor que él la apoyaría, pero la dejaría ir.

Pero Damaso era lo que era y estaba demasiado acostumbrado a salirse con la suya. Solo lo empujaba el deseo de sobrevivir, de triunfar. No era capaz de desear que Marisa no estuviese embarazada, era demasiado egoísta para eso.

Quería a ese hijo.

Quería a Marisa.

La envolvió en sus brazos y sonrió cuando ella se apretó un poco más, como si fuese allí donde quería estar.

¿A quién quería engañar? La había seducido, se había aprovechado de ella, de su vulnerabilidad después del estrés de la fiesta. Había usado su experiencia para que le hiciese confidencias.

Y seguiría inmiscuyéndose en su vida, convenciéndola para que fuese parte de la suya.

Un hombre mejor...

No, él nunca sería un hombre mejor. Era un hombre duro, decidido a ganar a toda costa.

Su única concesión sería que, a partir de ese momento, sabiendo lo que sabía, la trataría con sumo cuidado, le daría espacio y tiempo para acostumbrarse a su nueva vida con él.

Aprendería a protegerla y la mantendría a su lado hasta que ella quisiera quedarse por voluntad propia.

Capítulo 10

PERO eso es imposible, Alteza!
Marisa enarcó una ceja, sabiendo que su silencio
sería como un trapo rojo para un toro. Le molestaba la actitud superior del embajador de Bengaria,
pero era amigo de su tío y, sin duda, se le había conta-
giado la actitud petulante de Cyrill.

–Piense en la publicidad, en los cotilleos de la prensa.
Tiene que ir a Bengaria para la coronación del rey.

–No recuerdo que eso esté en la Constitución –replicó Marisa, que se había visto obligada a aprender de
memoria el documento cuando era niña para recordar
sus obligaciones.

Lánguidamente, cruzó una pierna sobre otra y el embajador miró sus brillantes sandalias, el pantalón de lino
y el top de seda de colores que había comprado la semana
anterior en un mercadillo intentando disimular una mueca
de horror.

Pero estaba guapa, se recordó a sí misma. De hecho,
estaba más guapa que nunca con ese nuevo bronceado.
Y el embarazo le sentaba bien. No era así como vestía
una princesa de Bengaria, pero no estaba en Bengaria
y no tenía intención de volver.

–Alteza, permita que le recuerde que tiene una obligación no solo hacia su país sino hacia su tío, que ha
sacrificado tanto por usted. Recuerde que él prácticamente la crio.

–Y soy la mujer que soy gracias a él –replicó Marisa–. Nunca hemos tenido buena relación. No me echará de menos.

Sin duda Cyrill estaría rodeado de sicofantes, gente que había hecho su nido gracias a los cofres reales.

–Alteza, eso es muy... –el embajador no sabía qué decir– una actitud que no ayuda nada.

Si esperaba convencerla con eso, tenía mucho que aprender.

–No sabía que nadie esperase nada de mí. De hecho, creo recordar que hace meses se me recomendó salir de Bengaria lo antes y más discretamente posible.

El embajador tuvo el buen gusto de ruborizarse.

–Alteza...

–Gracias por su visita. Como siempre, es estupendo recibir noticias de Bengaria, pero me temo que tengo otras cosas que hacer.

–Pero no puede... –Marisa lo vio tragar saliva, su nuez subiendo y bajando torpemente por el delgado cuello. Le daría pena si no supiera que era uno de los hombres de Cyrill, que habían hecho su vida y la de Stefan imposible–. Quiero decir... el bebé.

–¿El bebé? –Marisa lanzó sobre él una mirada glacial.

–El rey Cyrill había esperado... quiero decir, ya está haciendo arreglos...

¿Para qué? ¿Para adoptar al niño? ¿Para obligarla a abortar discretamente? Marisa sintió un escalofrío.

En el fondo de su corazón temía no tener lo que hacía falta para ser una buena madre, pero a pesar de sus dudas se enfrentaría con el rey de Bengaria y con todo el Parlamento antes de permitir que pusieran una mano sobre su hijo.

–Como siempre, los planes de mi tío son fascinantes. Cuénteme, por favor.

El embajador se aclaró la garganta antes de hablar:

–El rey ha decidido negociar un matrimonio que le dará legitimidad a su hijo y salvará su reputación. Ha hablado con el príncipe de...

Marisa lo interrumpió con un gesto. Se le había revuelto el estómago al escuchar esas palabras.

–Con alguien que está dispuesto a olvidar que mi hijo es hijo de otro hombre –le espetó–. A cambio de un título o de dinero.

Cyrill debía estar desesperado y quería una noticia positiva para contrarrestar el enfado que su desastroso gobierno estaba provocando en la población. Y no había nada como una boda real para que la opinión pública se olvidase de los problemas.

Pero no iba a utilizar ni a su hijo ni a ella.

Haría lo que tuviese que hacer para que su hijo no fuese un peón en la corte. Crecería lejos del palacio y de las maquinaciones de Cyrill.

Su hijo tendría lo que ella no había tenido: cariño y un ambiente hogareño. Incluso había empezado a pensar que casarse con Damaso era la solución. No la amaba, pero no tenía la menor duda de que su hijo le importaba de verdad.

Marisa respiró profundamente. Tenía miedo, pero estaba decidida a no mostrarlo.

–Dele las gracias a mi tío por su preocupación, pero dígale que tengo otros planes. Buenos días.

Sin volver a mirarlo, se levantó para salir de la habitación, las protestas del embajador un ruido de fondo al que no podía prestar atención. Si no llegaba pronto al baño...

–Señora, ¿se encuentra bien?

Era Ernesto, el guardaespaldas de Damaso, que la acompañaba cada vez que salía de la casa. Y, por primera vez, Marisa se alegraba de verlo.

–Por favor, acompañe al embajador a la puerta –le dijo, llevándose una mano al estómago.

Ernesto vaciló durante un segundo, preocupado, pero luego se alejó para hacer lo que le había pedido.

–Y asegúrese de que no vuelve –dijo Marisa.

–No volverá a verlo, señora.

Cuando salió del baño, Ernesto apareció con una bandeja.

–Gracias, pero no tengo apetito.

–Sé que no se encuentra bien, pero el té de menta le asentará el estómago. O eso dice Beatriz.

Genial, el ama de llaves y el guardaespaldas hablaban de su salud.

Sin embargo, saber eso la tranquilizaba un poco. Ernesto y Beatriz, como los empleados de Damaso en la isla, no eran como los criados que ella había conocido. De verdad apreciaban a Damaso y, por extensión, a ella.

Y Damaso... Marisa estaba segura de que le importaba. Cuando volvía del trabajo no se apartaba de su lado y cada noche la envolvía más y más en su hechizo.

Le importaba de verdad, pero no sabía si era por ella o por el bebé.

Le había contado sus secretos, revelando detalles que nunca había compartido con nadie, y casi podría jurar que la entendía, que estaba de su lado.

Y sin embargo...

Marisa se mordió los labios. Las dudas la perseguían desde aquella noche memorable cuando volvió a entregarse a él. Se había abierto con Damaso como no lo había hecho con nadie. La catarsis de revivir el pasado y entregarse tan completamente la había dejado agotada y, sin embargo, más viva que en muchos años. Incluso la devastadora pérdida de su hermano le parecía más soportable.

A la mañana siguiente había despertado con los ojos

enrojecidos, pero con una sensación de renovada esperanza. Hasta que descubrió que Damaso la había dejado dormir mientras él se iba a trabajar.

¿Qué había esperado? ¿Que se quedase a su lado, que lo dejase todo por ella, que compartiese sus secretos?

No era tan ingenua. Algunas barreras habían caído, pero era como si Damaso se hubiese apartado y no lo conocía mejor que un mes antes.

Era tierno en la cama, solícito cuando salían juntos. Marisa hizo una mueca al recordar cómo la había tomado del brazo, reclamándola como suya en otra fiesta. Quería creer que sentía algo por ella, pero tal vez solo hacía lo que era necesario para conseguir lo que deseaba: a su hijo.

El problema era que quería confiar en él. No solo confiarle su cuerpo sino el futuro de su hijo. Incluso su corazón.

Marisa se mordió los labios de nuevo, sorprendida.

¿Cómo podía pensar eso? Había querido a dos personas en su vida, su madre y su hermano, y sus muertes la habían destrozado. Amar era demasiado peligroso...

–¿Señora?

Ernesto le ofrecía una taza de porcelana y Marisa la aceptó. Estaba demasiado nerviosa para probar los pasteles que Beatriz había preparado, pero le encantaba el té de menta brasileño.

–Saldré cuando haya tomado el té, Ernesto.

–¿En helicóptero o en coche?

Marisa estuvo a punto de decir que solo quería dar un paseo, sin rumbo. Cualquier cosa para olvidar el dolor y el miedo que habían despertado las palabras del embajador. Cualquier cosa para olvidar el temor de estar cambiando una jaula de oro por otra.

Estaba a salvo de las maquinaciones de su tío, que

no podía forzarla a un matrimonio concertado, pero aún no tenía un plan para el futuro de su hijo. Debía decidir dónde iba a vivir, no podía ir de un país a otro sin destino.

Marisa pensó entonces en la isla de Damaso y, sin darse cuenta, esbozó una sonrisa al imaginar a un niño de pelo oscuro nadando en la playa...

–¿Dónde está Damaso?

Era curioso que sus pensamientos volviesen a él continuamente. Nunca había fingido estar interesado en ella más que como la mujer que esperaba un hijo suyo, pero esa última semana había sentido una conexión especial con él.

Aunque la dejaba sola durante todo el día.

Claro que eso era mejor que tenerlo a su lado continuamente, recordándole su petición de matrimonio.

–Está en la ciudad.

–¿En la oficina?

–No, señora.

Las respuestas de Ernesto no la ayudaban mucho. ¿Por qué estaba siendo tan evasivo?

–Me gustaría verlo.

–No sé si es buena idea.

–¿Por qué no?

¿Qué quería esconderle Damaso? Nunca le contaba nada de su vida.

Ernesto vaciló un momento.

–Está en una de las *favelas*.

–¿*Favelas*? –repitió Marisa.

–Los barrios más pobres de Brasil, donde las casas no son... –el hombre se encogió de hombros–. En fin, son construcciones de barro con tejado de uralita, no son casas de verdad.

Eso era lo último que había esperado escuchar.

–¿Puedes llevarme allí?

—No creo que sea buena idea, señora.

—Pero yo sí.

Marisa esbozaba una sonrisa de simpatía mientras Ernesto, a regañadientes, conducía por una carretera de tierra. Iba a buscar a Damaso y averiguar qué hacía allí.

Había casas a cada lado de la carretera; algunas eran edificios sólidos pintados de colores, otras simples barracas que parecían hechas con cualquier tipo de material. Olía a hogueras, a comida picante y a algo muy desagradable. No era la primera vez que visitaba un barrio pobre, pero allí había miles de casas... o lo que pasaba por casas.

Llegaron a un edificio pintado de color azafrán y los guardaespaldas que Ernesto había llevado se abrieron en abanico. El hombre le hizo un gesto para que lo acompañase, aunque no parecía tenerlas todas consigo.

Marisa vio a Damaso enseguida. Estaba sentado frente a una mesa de metal con un grupo de hombres, concentrado en la conversación mientras tomaba café. Incluso en vaqueros y camiseta llamaba la atención entre los demás.

Tras ellos había una cancha de baloncesto en la que jugaban un montón de adolescentes flacos, animándose unos a otros.

De una puerta a la izquierda llegaba ruido de cacerolas y un delicioso aroma a comida brasileña. Y frente a ella, en una pared deslucida, había una colección de fotos.

Damaso estaba ocupado y no con una mujer como había temido.

¿Por qué había sentido la imperiosa necesidad de verlo? Podía lidiar con las maquinaciones de su tío sin necesidad de pedirle ayuda. Lo había hecho durante toda su vida.

Marisa se acercó a las fotos y, de repente, su pulso se aceleró. Una de ellas era el retrato de un adolescente flaco de expresión recelosa y ojos demasiado viejos en un rostro tan joven, pero su postura era altiva, como si estuviera retando al mundo entero. En otra, una anciana de rostro arrugado miraba a una joven pareja bailando en un suelo de cemento...

—¿Qué haces aquí, Marisa?

—Admirando las fotos —respondió ella, sin volverse—. Algunas son preciosas.

—No deberías haber venido. Ernesto no debería haberte traído aquí.

—No culpes a Ernesto —Marisa se volvió por fin para enfrentarse con su oscura mirada, preguntándose qué habría interrumpido. La tensión de Damaso era palpable—. Él no quería traerme, pero su obligación es mantenerme a salvo no tenerme prisionera.

Había aceptado alojarse en su casa, pero con la condición de que no hubiese imposiciones y restringir sus movimientos sería una imposición.

—¿Este sitio te parece seguro? —le preguntó él, haciendo un esfuerzo para mantener la calma.

—He venido con guardaespaldas, de modo que no hay ningún peligro.

Aunque no le habían pasado desapercibidas las miradas de la gente o cómo algunos se escondían entre las sombras al ver el coche.

—Pero sí hay peligro.

—Sentía curiosidad.

—Y ahora que lo has visto, puedes marcharte.

—¿Qué es este sitio?

Damaso metió las manos en los bolsillos del pantalón.

—Un sitio donde se reúne la gente, una especie de centro cultural por así decir.

–Siento haber interrumpido la reunión –se disculpó Marisa, señalando al grupo de hombres.

–Ya hemos terminado –Damaso la tomó del brazo–. Es hora de irnos.

–¿Qué intentas esconder?

Él echó la cabeza hacia atrás como si lo hubiese abofeteado. De modo que no estaba equivocada, escondía algo.

Instintivamente, Marisa apretó su mano.

–Ya que estoy aquí, podrías enseñarme este sitio. Debe ser importante para ti.

¿Pero qué haría un empresario como él en una zona tan pobre de la ciudad?

Damaso exhaló un suspiro.

–No vas a irte hasta que lo haga, ¿verdad?

–No.

–Muy bien.

Damaso pretendía que la visita durase unos minutos, pero el inevitable interés que despertaba en Marisa los retrasó. La gente salía de las casas para ver a la guapa rubia que Damaso Pires había llevado allí.

A medida que crecía el numero de gente, la tensión aumentaba. No estaba en peligro yendo con él y, sin embargo, no podía estar cómodo con Marisa en aquel sitio.

Pero ella no parecía asustada o molesta; al contrario, se mostraba interesada por todo. No se apartaba de nadie y los saludaba en su rústico portugués, que Damaso encontraba enternecedor y sexy.

La gente se sentía atraída por su energía y entusiasmo, por cómo estrechaba sus manos y compartía la bromas, por su interés en todo, especialmente en los niños. Un grupo de chicas estaba ensayando un baile y cuando una de ellas tropezó al intentar hacer una voltereta Marisa se quitó los zapatos y le enseñó a sujetar su cuerpo en vertical.

Damaso tuvo que disimular una sonrisa al ver las caras de sorpresa. Los niños la miraban con una mezcla de admiración e incredulidad que lo hacía sentir orgulloso... y enfadado al mismo tiempo.

—Esto está riquísimo —Marisa sonrió a la mujer que servía la comida en una gran mesa comunitaria, metiendo la cuchara en el cuenco que habían puesto frente a ella—. ¿Cómo se llama?

—*Feijoada*, un estofado de carne, arroz y judías negras.

Incluso en aquel momento, con un presupuesto que le permitía vivir de champán y langosta, la *feijoada* seguía siendo el plato favorito de Damaso. Claro que cuando lo comía de niño había poca carne y mucho arroz.

—¿Crees que Beatriz lo haría para nosotros?

—Sí, claro.

Beatriz también había crecido en un barrio como aquel.

Damaso la observaba charlar amablemente con todo el mundo, mostrando interés por lo que decían, encantadora con todos. Siendo una princesa, sin duda estaría acostumbrada a sonreír para enamorar a las multitudes.

Pero aquello era otra cosa. No estaba ensayado. Damaso sentía la calidez de su personalidad y, sin embargo, algo se rebelaba contra su presencia allí, algo que lo hacía desear llevársela a su mundo, un mundo de lujo y facilidades donde podía cuidar de ella mientras Marisa cuidaba del hijo que habían creado entre los dos.

Era eso, el niño.

Marisa tenía que pensar en el bienestar del niño, no en salvar su conciencia visitando a los pobres.

—Es hora de irnos.

Incluso a sus propios oídos sonaba como una abrupta orden y vio que todos lo miraban, sorprendidos. Pero no podía controlar el deseo de llevársela de allí inmediatamente.

Marisa se levantó del banco de madera con la elegancia de una emperatriz y tardó una eternidad en despedirse de todos. Y, mientras les daba las gracias por su hospitalidad, Damaso sintió que lo dejaban fuera, como si estuviera solo en la oscuridad, apartado de una felicidad a la que no sabía se hubiera acostumbrado.

¡Absurdo!

El era un hombre de éxito. Lo tenía todo. Todo lo que había soñado siempre y más.

Sin embargo, cuando Marisa por fin se volvió... hacia Ernesto, no hacia él, algo se rompió en su interior.

En dos zancadas estaba a su lado, tomándola del brazo.

Por fin había perdido la paciencia.

Capítulo 11

NINGUNO de los dos dijo una palabra mientras volvían al centro de la ciudad.

Damaso sacudió la cabeza, incapaz de ponerle nombre al enorme vacío que había en su pecho desde que vio a Marisa en aquel barrio tan pobre y tan parecido al mundo que él había conocido de niño.

Intentó disimular mientras entraban en el apartamento y Marisa se dirigía al dormitorio que compartían.

¿Esperaba que hiciese las maletas? ¿Era por eso por lo que tenía un nudo en el estómago?

Marisa dejó el bolso sobre la cama y se dirigió al baño, pero él puso una mano en la puerta para evitar que la cerrase.

–Me gustaría estar sola mientras me doy un baño –dijo ella, sin mirarlo.

–¿Desde cuándo? –le espetó él, mirando sus pechos, la cintura que siempre le había parecido imposiblemente estrecha bajos sus manos.

–Desde ahora mismo –respondió Marisa mientras se quitaba la pulsera–. No estoy de humor para lidiar contigo.

–¿Lidiar conmigo?

Sus miradas se encontraron en el espejo y Damaso se dio cuenta de que había gritado.

Marisa se quitó uno de sus pendientes.

–Con tu desaprobación. No podías haber dejado más claro que no quieres que conozca a tu gente. Y no me digas que esa gente no es importante para ti porque yo sé que no es verdad. Cualquiera se daría cuenta de que significan más que la gente con la que sueles relacionarte en los clubs y los restaurantes de moda. Pero si crees que puedes descartarme porque no tengo una vocación o una carrera, porque no he hecho nada de valor con mi vida, estás muy equivocado.

–Yo no...

–No quiero escucharlo, Damaso. Ahora no –Marisa se quitó el otro pendiente, que en lugar de caer en la bandeja cayó al suelo, aunque ella no se dio cuenta–. Tengo que decidir si debo marcharme –añadió, intentando quitarse el reloj.

Tragándose el enfado y la rabia que sentía contra sí mismo, Damaso la ayudó a abrir el cierre y dejó el reloj en la bandeja de cristal, con el resto de sus joyas.

–No quiero que te vayas.

Se decía a sí mismo que Marisa estaba sufriendo, que se sentía insegura. Había malinterpretado su actitud y no había peligro de que se fuera. Pero si lo hubiese la detendría.

Ella negó con la cabeza.

–Es demasiado tarde para eso –murmuró, poniendo una mano en su pecho para apartarlo.

Como si pudiese hacerlo. A pesar de su energía, era diminuta. Damaso capturó su mano, apretándola contra su pecho.

–Temía por el niño. En un barrio como ese...

–¡No, por favor! No quiero escuchar nada más.

Su tono lo silenció. Nunca le había parecido más... desesperada.

–Sé que el niño es lo único que te importa, pero no

intentes disimular lo que ha pasado hoy –los ojos azules se clavaron en su alma–. Desapruebas que estuviese allí porque me desapruebas a mí.

Damaso se dio cuenta de que estaba a punto de perderla.

–¿Desaprobarte? No sabes lo que dices –Damaso intentó acariciar su pelo, pero ella se apartó.

–No intentes seducirme, no funcionará. Esta vez no.

Él sacudió la cabeza, buscando las palabras adecuadas, algo que la convenciera.

–No quería que estuvieses allí, es verdad. No es un sitio seguro y... –las palabras murieron en su garganta. ¿Cómo iba a explicarle el miedo que se había apoderado de él al verla allí? –. Tú no deberías estar en un sitio así.

–Puede que sea una princesa, pero no vivo en una torre de marfil.

–No lo entiendes –Damaso intentó llevar oxígeno a sus pulmones–. Es demasiado peligroso.

–Para el niño, ya lo has dicho.

Damaso la tomó por los hombros y ella lo miró, sorprendida.

–No solo para el niño, para ti también. No tienes idea de las cosas que ocurren en un sitio como ese. Necesitaba protegerte, alejarte de allí.

–¿Qué podía pasarme? –le preguntó ella.

Por primera vez estaba mirándolo a los ojos, escuchándolo con atención. Pero cuando levantó una mano para tocar su cara, la delicadeza del gesto le recordó las diferencias que había entre ellos. Unas diferencias que había querido ignorar hasta aquel día, cuando los dos mundos habían chocado.

El palacio y las *favelas*.

–Muchas cosas –dijo con voz ronca, mientras pasaba

las manos por su espalda, como intentando convencerse a sí mismo de que todo estaba bien–. Enfermedades, violencia...

–Pero esa gente vive ahí todos los días.

–Porque tienen que hacerlo, tú no. Tú estás a salvo aquí, conmigo.

Damaso puso una posesiva mano en sus pechos y contuvo un suspiro de alivio ante el gemido de placer que Marisa no pudo contener.

Era suya y la protegería.

La apretó contra él, envolviéndola con un brazo mientras con la otra mano desabrochaba el sujetador.

–¿Cómo sabes tanto sobre las *favelas*?

No tendría sentido negarlo porque ella lo descubriría tarde o temprano, aunque no fuese de conocimiento público.

–Porque yo nací allí.

Damaso esperó ver un brillo de sorpresa en sus ojos, de disgusto.

–¿El sitio en el que hemos estado hoy?

Él negó con la cabeza.

–En un sitio mucho peor. Ya ha desaparecido, lo tiraron y construyeron casas nuevas.

Ella no dijo nada y con cada segundo que pasaba Damaso esperaba que se apartase.

La opinión de los demás no le importaba. Había estado demasiado ocupado saliendo de la pobreza y llegando a la cima como para que le importase lo que dijeran los demás, pero la reacción de Marisa sí le importaba.

–Podrías habérmelo contado antes –dijo Marisa por fin, mirándolo a los ojos mientras bajaba la cremallera de su pantalón.

Damaso tragó saliva, dando las gracias por el extraño, pero maravilloso impulso de aquella temeraria princesa.

Marisa abrió los ojos. Damaso dormía a su lado, casi tumbado sobre ella, como intentando fundirse con su cuerpo.

Eso era lo que había sentido mientras hacían el amor. Quería fundirse con él mientras la llevaba al éxtasis una y otra vez.

Marisa esbozó una sonrisa. Estaba compensando todos esos años de abstinencia sexual, uno de los beneficios de tener un amante como Damaso.

Su sonrisa desapareció entonces. Como amante, pero... ¿Podría ser un buen marido?

Por primera vez se permitió a sí misma la posibilidad de contemplarlo en serio, olvidando la ansiedad que le producía la idea de atarse a un hombre. ¿Damaso sería más controlador que el desconocido aristócrata con el que su tío quería casarla?

Damaso Pires era dominante y estaba acostumbrado a salirse con la suya, pero nunca intentaría manipularla como su tío y nadie podría acusarlo de ser un padre frío como lo había sido su propio padre.

Cuantas más cosas sabía de él, más se preguntaba cómo podía haber pensado que era un hombre frío. Damaso era un hombre de sangre caliente, apasionado, y no solo en la cama. Cuando hablaban del niño sus ojos brillaban, revelando una profundidad de sentimientos que al principio la había asustado... Marisa parpadeó. Pero que en aquel momento la tranquilizaba.

Le gustaba que estuviese tan preocupado por el bebé, le daba tranquilidad saber que si algo le pasaba a ella, Damaso cuidaría del niño.

La hacía sentir menos sola.

En el pasado había tenido a Stefan y perderlo había destrozado su vida. Por eso se había negado a abrirle su corazón a nadie, pero Damaso había tirado todas sus defensas. Estaba allí, firmemente plantado en su vida, apartando la oscuridad que la había envuelto durante tanto tiempo.

Y la reacción a su visita a las *favelas*...

Marisa torció el gesto al recordar su expresión cuando habló del peligro. Recordaba sus cicatrices y lo que le había contado. El instinto le decía que era algo más que un peligro físico.

Claramente, Damaso había reaccionado de manera visceral. Tal vez si lo entendiese mejor, si conociese su pasado, podría confiar en él lo suficiente como para aceptar su oferta de matrimonio.

Había estado tan concentrada en su independencia y en los cambios provocados por el embarazo...

Sentía curiosidad por Damaso. Le fascinaba el hombre que poco a poco se iba revelando, pero en realidad no sabía nada sobre él. Era taciturno y no le gustaba hablar de su pasado, pero podría haber intentado sonsacarlo. Él se había mostrado muy comprensivo con su pasado. ¿Y qué le había dado ella a cambio?

Damaso era una parte de su vida. Como padre de su hijo, mucho más que eso.

Cada vez que hacían el amor sentía un lazo entre ellos que no tenía que ver solo con el hijo que esperaba.

Marisa lo abrazó.

Una pareja. Ese era un concepto nuevo para ella.

Quizá por primera vez había encontrado un hombre en el que podía confiar.

El segundo viaje a las *favelas* puso a prueba la paciencia de Damaso.

–Habíamos acordado que era demasiado peligroso –le espetó, entrando en el cuarto de baño mientras ella estaba inclinada sobre la bañera.

Sin corbata y en mangas de camisa tenía un aspecto tan vital, tan sexy que a Marisa se le encogió el estómago.

–Le he hecho caso a Ernesto y hemos ido con más seguridad –en privado pensaba que tantas medidas de seguridad eran una exageración, pero no iba a discutir.

–No debería haberte llevado.

–No te metas con él, solo está haciendo su trabajo. Si hubiese intentando detenerme habría ido sin él –no habría sido la primera vez que se evadía de sus guardaespaldas. De hecho, era una experta–. Además, me han recibido estupendamente. He ayudado con las clases e baile y he hablado con el coordinador para revivir el proyecto de fotografía.

No estaba cualificada para impartir clases, pero sabía un poco de fotografía, lo suficiente como para ayudar a los jóvenes que querían tomar parte en el proyecto.

–Pero eso significa ir allí de manera regular.

Marisa no se molestó en responder. Sabía que Damaso se enfadaría, pero estaba decidida a hacerlo. Por ella misma, para ayudar a los demás, para hacer algo útil.

Por Damaso también; por el niño huérfano que había sido, luchando para sobrevivir en aquel ambiente hostil. ¿Quién lo había ayudado a él?

Desde que le abrió la puerta de su pasado se había encontrado imaginándolo en esas calles. ¿Era la soledad, la pobreza, lo que lo había convertido en el hombre que era, despiadado, implacable, guardando celosamente su corazón?

–¿Me quieres explicar qué haces con *eso*? –Damaso señaló al perro al que Marisa estaba lavando.

–El pobre necesita un hogar.

–No este hogar –replicó Damaso.

–Entonces buscaré otro para él –Marisa hizo una pausa, más nerviosa de lo que esperaba. Había pensado que podría convencerlo–. No tendré ningún problema en encontrar un sitio donde reciban bien a un pobre perro abandonado.

–¿Qué es lo que quieres, Marisa?

–Nadie podría acusarme de ser sutil –intentó bromear ella–. El pobre necesita un hogar y yo... en fin, tiene una carita preciosa.

No era solo su necesidad de cuidar de alguien después de haber estado tan sola. Había mirado esos ojitos marrones y había sentido una hermandad con él. Otro ser abandonado, alguien que no tenía sitio en ninguna parte y no esperaba que nadie lo quisiera.

Damaso se acercó y el perro se echó a temblar.

–No lo asustes –le advirtió.

Si podía cuidar de un perro tal vez podría cuidar de su hijo. Además, el animal confiaba en ella y no podía defraudarlo.

–No puedes decirlo en serio. Míralo, es un chucho. Si quieres un perro, al menos compra uno de raza.

–No quiero un perro de raza.

–¿Por qué no? Te pegaría más.

–¿Porque soy una princesa?

–Es lo que eres, Marisa. No tiene sentido pretender otra cosa.

–¿Eso es lo que crees que hago? ¿Pretender ser alguien que no soy? –exclamó ella, dolida. ¿Eso era lo que creías que hacía al ir a las *favelas*?

–No, claro que no. Pero míralo –Damaso señaló al animal–. Da igual que lo laves, siempre será un chucho, un perro de la calle.

Estaba tenso, rígido. Solo lo había visto así cuando insistió en que se fuera del barrio de *favelas*.

¿Porque le avergonzaba que viese dónde había crecido?

No parecía posible. Nunca había conocido a un hombre más seguro de sí mismo que Damaso Pires.

Sin embargo, hablaba tan a menudo de su linaje real, como si temiese las comparaciones...

–Seguramente tendrá alguna enfermedad.

Marisa negó con la cabeza mientras lo enjuagaba.

–He llevado a Max al veterinario y me ha dicho que está perfectamente.

–¿Max?

–Me recuerda a mi tío abuelo, el príncipe Maximilian –a pesar de la tensión, Marisa sonrió–. La misma nariz larga, los mismos ojos marrones.

Su tío abuelo Max había sido un erudito, más feliz entre sus libros que dedicándose a la política, pero siempre había tenido tiempo para ella. Incluso escondiéndola cuando se saltaba las clases de historia de su aburrido tutor. Claro que la historia era mucho más interesante cuando la contaba el tío Max.

Marisa parpadeó, sorprendida al sentir que sus ojos se empañaban al recordar esos momentos de felicidad.

Damaso la observaba en silencio.

–¿De verdad te gusta ese animal?

El pobre Max mojado no era gran cosa, pero tenía carácter y personalidad. Incluso ella estaba sorprendida del lazo que había entre ellos dos. Había sido una decisión impulsiva, pero sabía por instinto que hacía bien.

–Me gusta mucho.

–Muy bien, puede quedarse, pero no quiero que entre en el dormitorio.

Damaso salió del baño antes de que Marisa pudiese darle las gracias.

–¿Has oído eso, Max? Puedes quedarte.

Los dos habían encontrado santuario con Damaso.

Sus razones no eran puramente altruistas ya que quería convencerla para que se casase con él, pero Marisa tenía experiencia suficiente como para saber que los actos contaban más que las palabras.

Y se preguntaba si Damaso sabría lo que significaba ese acto de generosidad.

Capítulo 12

LA CIUDAD está preciosa a esta hora de la noche –dijo Marisa.

La vista desde la terraza siempre había sido espectacular, pero Damaso nunca había encontrado tiempo para disfrutarla hasta que Marisa fue a vivir con él.

Había muchas cosas que no había apreciado hasta entonces.

Miró su pelo dorado, cayendo sobre los hombros, su expresión soñadora, el movimiento de sus pechos bajo el top verde mar...

Había conocido a muchas mujeres bellas, pero ninguna hacía que se le encogieran los pulmones.

–Me encanta esta ciudad.

–¿Ah, sí? ¿Por qué?

Marisa se encogió de hombros.

–Es vibrante, llena de vida, no se parece nada a Bengaria. Ocurren tantas cosas... y la gente de São Paulo tiene tanta energía. Además, me gusta mucho la comida. Si no tengo cuidado, acabaré engordando más de lo que debo.

Damaso negó con la cabeza. Solo un amante sabría que apenas había engordado un par de kilos. Solo sus pechos eran más grandes... y él no iba a quejarse.

Se alegraba de que le gustase la ciudad porque no pensaba dejarla escapar, aunque ella aún no se hubiera hecho a la idea.

–Mi tío me ha invitado a la coronación.

Damaso apretó el vaso de cerveza.

–¿Piensas ir?

–No lo sé. Al principio pensé que no, pero no estoy segura. No quiero ver a mi tío, pero a veces siento que estoy escondiéndome aquí, temiendo volver a casa para enfrentarme con la vida. Y eso no me gusta.

–Pensé que ya no veías Bengaria como tu hogar.

–No fui feliz allí, pero es mi casa.

–¿Entonces? ¿Crees que le debes a tu tío asistir a la coronación?

–No, no es eso. Me preguntaba si debería enfrentarme con él de una vez.

–¿Para qué? ¿Para que pueda darte una charla sobre tu irresponsable comportamiento?

Todo en él se rebelaba ante la idea de que se fuera, aunque se tratase de un viaje corto.

Si se iba a Bengaria, podría quedarse allí. Parecía contenta viviendo con él, pero nada de lo que hacía o decía indicaba que lo amase.

¿Era eso lo que quería, que Marisa estuviese enamorada de él?

Eso resolvería todos los problemas. Daba igual que él no supiera nada sobre el amor o sobre las relaciones, ella tenía cariño suficiente por los dos... los tres contando con su hijo.

Algunas veces se había preguntado si él podría aprender a amar.

–¿Crees que ir a Bengaria sería un error?

Era la primera vez que Marisa le pedía consejo.

¿Estaba haciéndose ilusiones o era un paso adelante?

Damaso midió sus palabras para no parecer dictatorial como su tío. Marisa podría ser convencida, pero no recibía órdenes.

–Creo que deberías pensar cómo utilizaría tu tío tu presencia en Bengaria. ¿Quieres ser su peón otra vez?

Marisa apretó los labios. Ella era orgullosa y no querría ser un peón en manos de un hombre al que despreciaba.

–¿Por qué no lo decides más adelante? Cuéntame qué tal el día. Hace horas que no te veo.

Había estado deseando volver a casa para cenar con ella y charlar de lo que habían hecho durante el día. Y eso era algo que no le había pasado con nadie.

–He llevado a los niños a la galería de Silvio. Deberías haber visto lo contentos que estaban.

–Seguro que sí.

Damaso recordaba la primera vez que salió del barrio en el que había crecido, la emoción y el miedo que sentía.

Los niños que Marisa había tomado bajo su ala jamás habrían soñado con nada tan elegante como la galería de Silvio, que siendo uno de los fotógrafos más famosos del conteniente, y seguramente del mundo, podía pedir lo que quisiera por sus fotografías.

–Tengo que darte las gracias por presentármelo –Marisa enredó los dedos con los suyos y Damaso se maravilló una vez más de lo delicada que era su piel–. Yo admiraba su trabajo desde hace años, pero...

–No tienes que darme las gracias.

Damaso casi sentía celos de su amistad con Silvio, pero sabía que solo estaba interesada en su trabajo. Cualquier cosa que fortaleciese los lazos de Marisa con Brasil, como su amistad con Silvio, era algo que pensaba animar. Además, ver su entusiasmo mientras hablaba sobre sus jóvenes alumnos era como ver una flor abriéndose bajo el sol.

Algo se movía en su pecho cuando Marisa sonreía.

Siempre había sido vibrante, llena de vida, pero la conocía lo bastante bien como para saber que parte de esa alegría era un disfraz.

Y él sabía mucho sobre eso. Cuando era más joven había tenido que aprender a hacer el papel de joven empresario de éxito, aunque apenas tenía dinero para comer. Tenía que convencer a todos de que podían confiar en él...

La mujer a la que había conocido en la jungla estaba haciendo un papel. La auténtica Marisa era asombrosa, casi incandescente. La clase de mujer que atraía a los hombres como polillas.

Y nunca se había sentido tan afortunado, a pesar de las dudas porque aún no había aceptado casarse con él.

—Silvio ha dicho que pueden volver otro día. Es estupendo, ¿verdad?

—Estupendo, sí —asintió él—. Pero ya están aprendiendo mucho de ti.

Las clases de Marisa eran un éxito. No solo los niños sino sus padres estaban entusiasmados. Además, él mismo había visto los resultados y eran fantásticos.

—Yo solo soy una aficionada.

—Una aficionada con mucho talento.

—Halagador —dijo ella, con los ojos brillantes.

Seguía preocupándole que fuese al barrio de *favelas* porque le gustaría tenerla a salvo siempre, pero sabía que era imposible dar marcha atrás.

Max apareció entonces a su lado y Marisa bajó una mano para acariciar sus orejas. El perro cerró los ojos, encantado.

Damaso apretó los labios. ¿Qué veía en ese chucho? Él podría regalarle un perro de raza, pero Marisa había elegido un chucho que seguía pareciéndolo por mucho que lo bañase y lo peinase.

—¿Por qué no te gusta? —le preguntó ella.

—No tengo tiempo para mascotas.

—Pero no es solo eso, ¿verdad? Es algo que tiene Max.

–No sé a qué te refieres.

–Es porque viene de la calle, ¿verdad? ¿Por eso no puedes ni mirarlo?

Solo en ese momento se dio cuenta de que todo lo que Damaso poseía era de la mejor calidad, todo de los mejores materiales, algunos muebles hechos a mano especialmente para él.

Pero no había antigüedades, todo era nuevo, como si hubiera sido comprado el día anterior. Muchas de las piezas eran de famosos artistas y artesanos...

Solo lo mejor. Ningún mueble normal o antiguo.

Marisa tuvo entonces una terrible premonición.

–¿Qué ocurre? ¿Por qué me miras así?

–Todo lo que tienes es lo mejor, ¿verdad? Solo lo mejor.

Incluso la cocina en la que trabajaba Beatriz haría que un restaurante con varias estrellas Michelín se sintiera orgulloso.

–¿Y qué? Me gusta la calidad.

–La calidad –repitió ella. Esa era una de las palabras favoritas de su tío, especialmente cuando la regañaba por mezclarse con gente «común».

–No hay nada malo en querer tener cosas bonitas.

–Depende de por qué las quieras. ¿Es por eso por lo que insistes en casarte conmigo?

–¿De qué estás hablando?

–Yo tengo pedigrí, soy una princesa. Soy algo de «calidad» –Marisa no podía disimular su amargura–. ¿Cuántos hombres se casan con una princesa?

–¿Crees que me importa el título?

–Sé que quieres a mi hijo, pero tal vez haya algo más.

Una vocecita le decía que estaba equivocada, que Damaso era diferente, ¿pero cómo iba a confiar en él si se había equivocado tantas veces?

–¿Qué quieres decir?

–Tu reacción cuando visité el barrio de *favelas* fue desproporcionada, especialmente llevando guardaespaldas –algo brilló en los ojos de Damaso y el corazón de Marisa se rompió–. Creo que la razón por la que no te gusta Max es que porque viene de allí. Dime la verdad: ¿me quieres como un trofeo para añadir a tu colección?

Creía conocer a Damaso, creía que compartían algo frágil y precioso, algo que la hacía más feliz que nunca. Había empezado a confiar en él, a tener esperanzas.

–No sé de qué estás hablando –murmuró él, sin mirarla.

–Si quieres esconderte de tu pasado estar conmigo no va a ayudarte. Recuerda que la mayoría de la gente cree que no soy un objeto de cualidad sino alguien manchado.

–¡No hables así! –Damaso se levantó, sus ojos oscuros brillando como un volcán–. No digas eso sobre ti misma.

Marisa intentó mirarlo con desdén. Había aprendido el truco de su tío y lo utilizaba cuando quería esconder su dolor, pero con Damaso no podía hacerlo.

–¿Por qué no? –le preguntó, desesperada–. Es lo que cree todo el mundo, aunque no me lo digan a la cara. Puede que me consideres la guinda del pastel para tu colección, pero tengo defectos y eso me resta valor.

Damaso tomó su cara entre las manos.

–No vuelvas a decir eso, no puedo soportarlo, ¿me entiendes? Te equivocas, tú no eres así.

¿Por qué no veía ella lo que veía él? Una mujer que merecía admiración y respeto, una mujer diferente a todas las que había conocido.

Marisa parpadeó, negándose a llorar. Era de esperar que echase mano del orgullo en aquellas circunstancias, pero a Damaso se le rompía el corazón.

El instinto le decía que la abrazase y le hiciera el amor para borrar cualquier duda de su mente, pero ella necesitaba escucharlo de sus labios.

–Has empezado a creer las mentiras de tu tío, que siempre intentó convertirte en lo que no eres. Pero tú eras demasiado fuerte para eso, no dejes que gane ahora socavando tu confianza. Para tu información, cualquier hombre se sentiría orgulloso de casarse contigo y no porque seas una princesa sino porque eres cariñosa, preciosa, inteligente, divertida. Tienes que haberte dado cuenta de que atraes a la gente.

Era doloroso ver las dudas que nublaban sus ojos.

–Yo no...

–Tú sabes cuánto te deseo, Marisa –Damaso tomó sus manos y las puso sobre su pecho para que sintiera los latidos de su corazón.

–Quieres a mi hijo –dijo ella–. ¿Pero me quieres a mí o el caché que da casarse con una princesa? Si el estatus social es tan importante para ti, ese sería un gran logro para un chico de las *favelas*.

–Quiero que seamos una familia –las palabras le salieron de lo más hondo–. Quiero estar con nuestro hijo y contigo. Tú lo sabes, has sentido la química que hay entre nosotros desde el principio.

–¿Te refieres al sexo? La gente no se casa por eso. ¿Y qué otra razón podría haber?

Damaso miró esos ojos brillantes y se dio cuenta de que había visto antes ese mismo anhelo... años antes, cuando rompió con una amante que había empezado a quererlo demasiado.

Tal vez Marisa no lo sabía, pero era emoción lo que quería de él. Abandonada por su familia y su país, Marisa necesitaba amor.

Lo único que no podía darle.

Por un momento pensó mentir, pronunciar las palabras que ella quería escuchar para ahorrarle el dolor, pero no podía hacerlo. Marisa se daría cuenta y se convencería a sí misma de que mentía por la peor de las razones.

Damaso estaba asustado por primera vez en mucho tiempo. Haría cualquier cosa por ella salvo dejarla ir.

No tenía nada que darle más que la verdad.

–¿Crees que me rodeo de cosas bellas y caras para escapar de mi pasado? –empezó a decir. Tenía que compartir con ella lo que había escondido al mundo o perderla para siempre–. Pues tienes razón, es por eso. Empecé sin nada más que la ropa que llevaba puesta, pero jamás volví a mirar atrás. En cuanto pude, empecé a rodearme de cosas hermosas, de lujos, buenos trajes, buenos coches, hermosas casas. ¿Por qué no? Soy humano, Marisa.

–No te estoy juzgando.

–No me avergüenza disfrutar de mi éxito. Mi prioridad ha sido siempre conseguir beneficios para el negocio y tener suficiente capital para optimizar cualquier oportunidad, por eso pasé de ser guía turístico a propietario de una empresa de viajes. Me hice famoso por organizar las mejores experiencias de vacaciones, llevando a la gente a sitios donde nadie más podía llevarlos. Siempre me había gustado la ropa limpia, las casas bonitas y no veo ninguna razón para no disfrutar de ello. Además, desarrollé el gusto por el arte moderno, posiblemente después de visitar tantas galerías, y cuando tuve dinero compré los cuadros que me gustaban, como compraba coches o casas.

Damaso hizo una pausa, recordando su acusación.

–No lo había pensado hasta ahora, pero tienes razón. Me gustan las cosas hermosas para no tener ningún recordatorio de mi pasado. Y estoy rodeado de personas que comparten mis recuerdos, pero jamás hablamos de ello.

–¿Ernesto? ¿Beatriz?

Damaso asintió con la cabeza.

–Todos mis empleados vienen de las *favelas*.

–Ahora entiendo que te sean tan fieles. Les has dado la oportunidad que necesitaban.

Damaso se encogió de hombros. Era fácil echar una mano cuando tenías dinero. Marisa había dado en el clavo: no le gustaba Max porque era del mismo sitio y destacaba las diferencias entre ellos: la refinada princesa y el chico de las *favelas*.

–Damaso, ¿qué ocurre? Me estás apretando demasiado.

De inmediato, él aflojó la presión, pero no la soltó. Nunca había hablado de su infancia, pero si quería conservar a Marisa...

–Crees que no puedo soportar recordar de dónde vengo, pero lo llevo en los huesos. Es algo que nunca se olvida.

¿Cuántas mujeres le habían preguntado por su pasado?

Damaso soltó sus manos para acercarse a la ventana.

–Apenas recuerdo a mi madre y no tengo ni idea de quién era mi padre. Nunca tuve una casa. Vivía... –tragó saliva–. ¿Has visto las fotos de niños rebuscando en la basura? Uno de esos niños era yo.

De repente, estaba allí de nuevo, espirando el olor de la basura bajo la lluvia, el suelo cubierto de barro bajo sus pies, la ropa empapada pegada a su delgado cuerpo.

–Solía dormir con el estómago vacío –Damaso parpadeó cuando Marisa apretó su mano–. Crees que había sobrestimado el peligro que había para ti y tal vez sea cierto, pero donde yo crecí... vi tanta violencia, tantos muertos sin sentido.

–Esas cicatrices –murmuró ella.

Damaso asintió con la cabeza. Se negaba a entrar en

detalles sobre la rivalidad entre matones, drogas y cosas aún peores.

–Vi la muerte de cerca muchas veces y tuve suerte de salir con vida. Muchos niños no lo hicieron. El barrio que visitaste es más seguro que el sitio en el que yo crecí, pero algo dentro de mí grita cuando te veo allí.

–Lo siento –Marisa apoyó la cabeza en su espalda.

–Pero tú quieres ayudar a esos niños.

Odiaba verla allí, ¿pero cómo no iba a estar orgulloso de que Marisa quisiera hacer algo por los niños?

–¿Crees que estoy siendo egoísta?

–No, al contrario. Creo que eres una mujer maravillosa, generosa y encantadora. Y te quiero en mi vida –Damaso se volvió para abrazarla.

–¿De verdad?

–Desde luego que sí. Tu estatus social y tu sangre real nunca me han importado –Damaso levantó la cara para mirarla a los ojos–. Te quiero por razones personales y me importa un bledo lo que piensen los demás. ¿Lo entiendes?

Marisa lo miró en silencio durante unos segundos y luego se puso de puntillas para decirle al oído:

–Lo entiendo.

El brillo de sus ojos hizo que su corazón se hinchase de emoción.

Capítulo 13

ESTÁS preciosa –Damaso la miró de arriba abajo con un brillo de admiración en los ojos. Desde el pelo dorado a las sandalias de tacón de aguja, era la perfección hecha mujer.

Intentó buscar alguna señal del embarazo, pero después de varios meses seguía siendo esbelta. Aunque él estaba deseando que se le notase.

Se sentía posesivo, no quería compartirla con nadie. Quería conservarla a su lado, lejos de los hombres que babeaban cuando la veían.

–Gracias –Marisa dio una vueltecita, su vestido multicolor revelando unas piernas torneadas, bronceadas y preciosas.

Damaso se excitó al pensar en las cosas que preferiría hacer esa noche.

Pero era la noche de Marisa.

–Tengo algo para ti –dijo con voz ronca, sacando una caja de terciopelo del cajón de la mesilla.

Ella era obstinadamente independiente y no sabía cómo iba a reaccionar, de modo que no las tenía todas consigo.

¿Qué le pasaba? Había hecho regalos a otras mujeres, pero nunca habían significado nada. Aquel regalo, sin embargo, era importante. No solo lo había elegido personalmente sino que había hecho que lo diseñaran para ella.

Vio que Marisa arqueaba las cejas al reconocer el

logo de la caja. Era uno de los joyeros más importantes del mundo.

–No hay necesidad. No tienes que comprarme nada.

–Lo sé –Damaso sostuvo su mirada, pero por primera vez en muchas semanas no sabía lo que estaba pensando. ¿La conexión entre ellos habría sido un espejismo?, se preguntó–. Pero cuando lo vi, pensé en ti.

Era cierto. Y no hacía falta revelarle que había hablado con el diseñador sobre Marisa y su estilo para que lo personalizase.

Por fin, ella tomó la caja y cuando abrió la tapa la oyó contener el aliento. Pero no decía nada.

¿Se habría equivocado?

Marisa lo miró entonces con los ojos brillantes como un cielo de verano y Damaso se sintió más importante que nunca.

–Es precioso –murmuró. Le gustaría abrazarla, pero se dijo a sí mismo que debía esperar–. Nunca había visto nada parecido.

Eso era exactamente lo que él quería porque nunca había conocido a una mujer como ella.

–¿Te gusta entonces?

–¿Que si me gusta? Es fabuloso. ¿Cómo no iba a gustarme?

–Entonces, puedes ponértelo esta noche.

–¿Por qué, Damaso? ¿Por qué un regalo tan caro?

–Para celebrar tu primera exposición. El dinero no tiene importancia, tú sabes que puedo permitírmelo.

–No es mi exposición –a pesar de las dudas en sus ojos, Marisa esbozó una sonrisa–. Esta noche se exponen las fotografías de los chicos.

–Según Silvio, esta exposición es posible gracias a tu trabajo. Y me ha dicho que tiene grandes planes para ti.

–Entonces es un regalo por mi trabajo con los chicos.

Damaso vaciló. Ella quería más, ¿pero qué podía decir? ¿Que verla contenta, con un propósito en la vida, lo hacía mas feliz que nunca?

¿Que quería conservar eso y conservarla a ella?

¿Que quería poner un anillo en su dedo?

–Has trabajado mucho y has logrado muchas cosas –dijo por fin–. Lo que haces por esos niños es maravilloso. Les enseñas un oficio, les das confianza. Estás abriendo un mundo nuevo para ellos.

–¿De verdad? –no parecía posible que los ojos de Marisa brillasen aún más.

Damaso asintió con la cabeza, emocionado al ver cuánto significaban para ella sus palabras. Marisa era tan activa, tan llena de energía, que a veces era fácil olvidar la carga de dudas con la que vivía.

–Como fotógrafa en ciernes, tienes que estar guapa en la exposición.

–Para hacer bien el papel, ¿no?

Damaso levantó su barbilla con un dedo.

–Mucho más que eso, Marisa. Yo...

Tenía la abrumadora certeza de que esperaba que dijese algo profundo, algo sobre sus sentimientos.

Pero ese era un terreno muy peligroso. Marisa se había convertido en una parte vital de su futuro. Su hijo y ella iluminaban su mundo como nunca había creído posible. Sin embargo, no podía decirlo en voz alta. No era capaz de hacerlo.

–Estoy orgulloso de ti. Eres una mujer muy especial y será un honor para mí que te pongas mi regalo esta noche.

Había un brillo de desilusión en sus ojos mientras asentía con la cabeza, pero Damaso se dijo a sí mismo que todo estaba bien.

–Gracias –dijo por fin.

Damaso sacó el collar, mirando las brillantes piedras de color naranja a la luz de la lámpara.

–Me recuerdan a ti –murmuró–. Brillantes, exuberantes, pero con una innata integridad.

Marisa no miraba el collar sino a él.

–¿De verdad?

–Desde luego que sí –Damaso le puso el collar y la empujó suavemente hacia el espejo–. Son puro verano, como tú.

–¿Qué clase de gemas son?

–Topacios imperiales, de unas minas de Brasil.

Era una joya moderna, los topacios mezclados con diamantes en un engaste asimétrico. Era sexy y muy femenino. Como ella.

–Eres la mujer más bella que he conocido nunca.

Al menos, podía admitir eso.

Marisa abrió la boca para protestar, pero Damaso puso un dedo sobre sus labios.

–Ponte los pendientes.

En silencio, ella lo hizo.

–Y la pulsera.

Damaso la apretó contra su pecho, mirando el reflejo de los dos en el espejo.

–¿Te gustan? ¿Estás contenta?

Marisa asintió con la cabeza y él se dijo a sí mismo que era suficiente. Había hecho bien al no darle el anillo, pero se negaba a esperar mucho más para hacerla suya.

A Marisa le dolían las mejillas de tanto sonreír. Desde que llegaron a la galería había estado aceptando felicitaciones por su trabajo y por el de los chicos de los que era mentora.

Silvio era estupendo con ellos, dejando que recibiesen parabienes sin permitir que se les subiera a la cabeza. Un solo éxito, les advertía, no hacía una carrera. Pero sí el trabajo y la aplicación.

Por primera vez en varias horas se encontró a solas con Damaso y cuando él apretó su mano su corazón se lanzó a un galope ya familiar. Las joyas que llevaba proclamaban que era suya... esa era una de las razones por las que había dudado en aceptarlas. Damaso era un hombre posesivo y ella se agarraba a su independencia con la tenacidad con que se agarraría a un salvavidas.

¿Pero qué sentido tenía disimular? No eran las joyas lo que la ataba a Damaso sino los sentimientos.

Había esperado que las exquisitas piezas fueran un símbolo de su relación, de lo que sentía por ella. Había esperado que sus sentimientos hubiesen madurado milagrosamente, que la atracción sexual se hubiera convertido en admiración, cariño y...

Marisa apretó los labios.

–Ven, hay una fotografía que no has visto –tomando su mano, tiró de él hacia otra sala.

–¿Mi retrato?

Ella asintió con la cabeza, sabiendo que era un peligro revelar demasiado a aquel hombre tan perceptivo.

Cuando llegaron a la puerta de la sala los demás espectadores se apartaron al verlos, pero Marisa no se dio cuenta. Sentía un escalofrío al mirar ese retrato. La fotógrafa en ella veía una composición de luz, foco y ángulos, la mujer veía a Damaso.

No el Damaso que veía el resto del mundo, el empresario de éxito, sino el hombre al que solo ella había descubierto. La ancha frente, la nariz pronunciada, el mentón marcado y las arruguitas alrededor de los ojos...

Pero era algo más. En la foto, estaba inclinado sobre un niño de pelo oscuro que jugaba con un viejo camión de madera.

Damaso se inclinaba sobre el niño con gesto protector y su expresión...

Marisa tragó saliva. ¿Cómo podía haberse preguntado alguna vez si sería un buen padre? Estaba allí, en su rostro, en su intensa concentración, en el gesto de su mano protectora mientras ayudaba al niño a echar tierra en el volquete del camión.

Damaso sería un padre maravilloso, lo sabía en su corazón. Desde que estaba con él, las dudas sobre su capacidad de ser una buena madre habían desaparecido. Su ayuda y su confianza, su presencia, la habían ayudado a encontrar un propósito en la vida.

–Gracias por dejar que la exponga –dijo con voz ronca.

–Silvio y tú fuisteis tan insistentes. ¿Cómo iba a negarme?

–Yo...

–¡Qué sorpresa encontrarla aquí, *Alteza*!

Marisa giró la cabeza, molesta por el énfasis en su título, y se le encogió el estómago al reconocer a la más notoria crítica de arte de su país, una mujer más famosa por su lengua venenosa que por su talento. Se habían conocido en una exposición y tenían diferentes opiniones sobre los méritos de un joven escultor.

Los fríos ojos pardos de la mujer le decían que no había olvidado o perdonado.

–Damaso, ¿conoces a...?

–Nos conocemos, sí. ¿Como está, *senhora* Avila?

–Señor Pires –la sonrisa de la mujer hizo que Marisa sintiera un escalofrío–. ¿Está admirando el trabajo de *la princesa*? –de nuevo, ponía énfasis en el título–. He oído que Silvio está encantado con su nueva protegida, que incluso está pensando tenerla como ayudante.

Marisa esbozó una sonrisa. Si quería detalles tendría que preguntarle a Silvio y, sabiendo que Silvio la detestaba, no llegaría muy lejos.

–Por supuesto, algunos dirían que el estatus social no puede remplazar al talento, pero últimamente el arte entiende más de comercialización que de excelencia. Cualquier cosa nueva vende.

Su actitud empezó a generar dudas en Marisa. Tal vez su tío estaba en lo cierto y ella no tenía nada que ofrecer.

Notó que Damaso apretaba su mano y se armó de valor. No iba a dejar que las dudas arruinasen su vida, ya no. Abrió la boca para responder, pero él se adelantó.

–Yo creo que solo hay que ver estas fotos para reconocer el auténtico talento. En cuanto al estatus social, no veo ninguna referencia en el catálogo al título de Marisa. Sospecho que los que hablan de su estatus en realidad la envidian.

–Bueno... –la señora Avila dio un paso atrás, como si la hubiera abofeteado–. Debo decir, señor Pires, que esta fotografía lo pinta a una luz muy diferente. Parece muy cómodo en las *favelas* –la mujer miró la fotografía y luego a él, con un brillo malicioso en los ojos–. ¿Podría ser cierto eso que cuentan? Nadie parece seguro del todo.

Marisa dio un paso adelante, como para protegerlo del veneno de la mujer, pero Damaso la tomó por los hombros.

–No veo por qué mi pasado podría interesar a alguien cuyo único interés es el arte –hablaba en voz baja, helada–. Es cierto que crecí en una *favela*. ¿Y qué? No fue un comienzo muy propicio, pero me enseñó mucho, se lo aseguro. Estoy orgulloso de lo que he hecho con mi vida, señora Avila. ¿Y usted? ¿Puede nombrar algo constructivo que haya hecho con la suya?

Sin decir nada, la mujer se dio la vuelta para mezclarse con el resto de la gente.

–No deberías haber hecho eso –dijo Marisa–. Ahora se lo contará a todo el mundo.

–Me da igual. No me avergüenzo de quién soy –respondió él, mirándola a los ojos–. ¿Estás bien?

–Sí, claro –Marisa se irguió, aún furiosa con la mujer que se había atrevido a insultarlo.

Porque lo amaba.

Lo había admitido, aunque solo fuese en su fuero interno. Había luchado contra esa verdad, pero reconocerla era un alivio. Se sentía más fuerte, como si pudiese con el mundo entero.

–Deberías haberme dejado responder a mí.

–Tienes razón, pero no puedes pedirme que me quede callado mientras una víbora hace desagradables comentarios sobre la mujer con la que pienso casarme.

–Aquí no, Damaso –le advirtió Marisa. De repente, solo quería estar a solas con él. Anhelaba la privacidad del ático... o su isla, lejos de todo–. Hablaremos en casa.

En su tono había un mundo de promesas. Había dicho públicamente que quería casarse con ella y tal vez no era por amor, pero la emocionaba.

Tardaron una hora más en poder marcharse; una hora de saludos, despedidas y comentarios sobre la exposición que deberían haber sido importantes para ella. Pero estaba inquieta, enfrentándose a sus verdaderos sentimientos por Damaso.

Lo quería para siempre, pero no sabía lo que sentía él. Había revelado públicamente que quería casarse con ella y, por primera vez, había hablado en público sobre su pasado gracias a la viperina crítica de arte. Un pasado que hasta entonces había guardado celosamente.

Por fin estaban en la limusina y Damaso hablaba por el móvil, pero Marisa no podía permanecer quieta. Quería hablarle de sus sentimientos, ¿pero qué conseguiría con eso? Damaso no mantenía relaciones duraderas, solo quería casarse por su hijo.

Pero que se hubiera enfrentado con esa arpía debía significar algo.

¿Algo tan imposible como que la amase?

Esa idea la llenaba de esperanza.

Aunque no la amase, Marisa decidió aceptar su proposición de matrimonio. Nunca conocería a un hombre mejor que Damaso o a uno que le importase más.

Quería pasar el resto de su vida con él.

Fue como si le hubieran quitado un peso de los hombros. Quería su amor y lucharía para conseguirlo, pero iría paso a paso. ¿Podría hacer que Damaso la amase con el tiempo?

Estaba tan perdida en sus pensamientos que apenas notó que Damaso había dejado de hablar por teléfono hasta que se dirigió a ella.

—Malas noticias, Marisa. Un incendio en el resort del Caribe...

—Dios mío, ¿hay algún herido?

—Están comprobándolo ahora mismo, pero tengo que irme.

Marisa sabía lo importante que era para él la seguridad en sus hoteles y el nuevo resort, que iba a inaugurarse en unas semanas, había centrado su atención durante meses.

—Claro que sí. Has invertido mucho tiempo y mucho esfuerzo en ese proyecto.

—Seguramente estaré fuera una o dos semanas. Puedes venir conmigo si quieres. No me gusta dejarte sola.

—Harás más cosas si no tienes que estar pendiente de mí. Y yo tengo trabajo. Silvio y los niños cuentan conmigo.

Además, tenía otras cosas que hacer. Había buscado mil excusas para alejarse de su país, pero sabía que debía enfrentarse con su pasado como Damaso se había enfrentado con el suyo.

Tenía que enfrentarse con su tío, con la corte de Bengaria y con la prensa. Quedarse en Brasil, fingir que no había coronación, era como esconderse, como si se sintiera avergonzada de quién era o lo que había hecho.

Si no se enfrentaba con todos ellos, ¿cómo iba a seguir adelante con la cabeza bien alta?

Estaba decidida a convertirse en la mujer que siempre había querido ser, no solo por ella misma sino por Damaso y su hijo. Y por Stefan también. Haría que se sintieran orgullosos.

Quería ser fuerte como Damaso. Su pasado era parte de ella, pero quería demostrar que no iba a acobardarse por ello. Tenía que ser más fuerte que nunca. Lo suficiente como para casarse con un hombre que nunca había dicho que la amaba y que tal vez no diría nunca esas palabras.

Marisa tragó saliva, intentando ignorar el miedo.

Iría a la coronación, se enfrentaría con su pasado y reconciliaría las dos partes de su vida. Tal vez entonces sería la mujer a la que Damaso podría amar.

—Marisa, ¿qué te ocurre? Tienes una expresión muy extraña.

Ella lo miró, intentando disimular su emoción.

—No te preocupes por mí. Ve al Caribe, yo estaré bien. Tengo muchas cosas que hacer.

Y tenía que hacerlas sola.

Capítulo 14

ESAS dos semanas en el Caribe le habían parecido dos meses. O más que eso.

Damaso pulsó el botón del ático y se pasó una mano por el pelo, demasiado largo. Se tocó la barbilla, notando el roce de la barba, y supo que debería haberse afeitado en el avión. Pero había trabajado como un loco intentando organizarlo todo para poder volver a São Paulo lo antes posible.

Se afeitaría cuando llegase al apartamento.

Salvo que una vez que viese a Marisa sus buenas intenciones se irían por la ventana. No podría controlarse.

La necesitaba de inmediato.

La necesitaba como nunca había necesitado a una mujer. Sus brazos estaban vacíos sin ella. Echaba de menos su sonrisa, su carácter, su generosidad, cómo le tomaba el pelo. Echaba de menos tenerla cerca, compartir las cosas pequeñas de cada día a las que nunca antes había dado importancia.

Las puertas del ascensor se abrieron y Damaso entró en el apartamento.

–¿Marisa? –fue al dormitorio, pero no estaba allí, de modo que salió al pasillo–. ¿Marisa?

–*Senhor* Pires –era Beatriz, secándose las manos en el delantal–. No esperaba que volviese hoy.

–He cambiado de planes. ¿Dónde está la princesa?

La mujer frunció el ceño.

–Se ha ido, *senhor*.

–¿Cómo que se ha ido? ¿Dónde?

–A Bengaria, para la coronación de su tío.

Damaso parpadeó, sorprendido. Había hablado con Marisa todos los días, pero no le había dicho nada de sus planes.

¿Porque temía que la detuviese?

Esa era la única explicación.

La ultima noche, en la galería, mencionó el matrimonio y ella intentó hacerlo callar. ¿Porque había decidido dejarlo?

–¿Se encuentra bien, *senhor* Pires?

Damaso sacudió la cabeza, intentando disimular su angustia.

–Sí, estoy bien.

–¿Necesita algo?

–No, nada, Beatriz. No necesito nada.

Salvo a Marisa. Era como si el suelo se hubiera abierto bajo sus pies.

Sin fijarse en la mirada preocupada de Beatriz, volvió al dormitorio.

Quince minutos después se dejaba caer sobre la cama, con la cara entre las manos. Había intentado hablar con ella por teléfono, pero tenía el móvil apagado. Y no había ningún mensaje, ningún correo explicándole por qué estaba en Bengaria.

Nada salvo una carta arrugada de su tío en el cajón de la mesilla. Una carta exigiendo su presencia en la ceremonia de coronación. Una carta recordándole la importancia de su regreso a Bengaria para conocer al hombre con el que pretendía que se casase...

Damaso tuvo que hacer un esfuerzo para llevar oxígeno a sus pulmones.

Lo había dejado para volver con su tío, el hombre al que detestaba.

Porque prefería casarse con un aristócrata antes que

con él, un hombre sin familia ni árbol genealógico. Un hombre respetado solo por su enorme éxito profesional, un hombre que aún tenía las cicatrices de su pasado. En todos los sentidos.

Habría jurado que nada de eso importaba a Marisa, pero si no era eso, ¿qué entonces?

A menos que, como él, tuviese dudas sobre su capacidad para ser un buen padre. Para darle amor a su hijo.

¿Cómo iba a dar algo que él no había tenido nunca?

El miedo encogía su estómago, despertando profundas dudas sobre sí mismo.

Algo rozó su rodilla entonces y cuando bajó la mirada vio al chucho de Marisa con la cabeza apoyada en su pierna, mirándolo con ojos tristes.

—Tú también la echas de menos, ¿verdad, Max?

Curiosamente, le parecía normal hablar con el perro, que apoyó las patitas en el edredón, suspirando.

Si Marisa no tuviese intención de volver se habría llevado a Max, pensó.

Y se agarró a esa esperanza con todas sus fuerzas.

—No te preocupes, volverá. Yo la traeré de vuelta como sea —murmuró, acariciando la cabeza del animal.

No quería preguntarse si lo decía para convencer a Max o para convencerse a sí mismo.

La catedral era enorme e impresionante, pero Damaso no se fijaba en eso mientras recorría la alfombra roja, ignorando al edecán que intentaba frenéticamente llamar su atención.

El ambiente era de expectación y el aire olía a flores e incienso, la música barroca de órgano dándole pompa a la ocasión.

Damaso aminoró el paso y miró alrededor. Veía uniformes y trajes de chaqueta oscuros, mujeres con vestidos de diseño... pero los enormes sombreros ocultaban los perfiles, haciendo imposible identificar a la propietaria hasta que levantaba la cabeza.

–¿Dónde está la princesa Marisa? –le preguntó a uno de los edecanes.

–¿La princesa? –el hombre, nervioso, miró hacia los asientos de primera fila y Damaso se dirigió hacia allí.

Todas las cabezas se volvieron, pero él no miraba ni a un lado ni a otro, concentrado en los asientos de primera fila. Azul pálido, limón, marfil, rosa, gris claro... miraba a cada mujer, buscando a Marisa. Todos los vestidos eran elegantes, pero nada llamativos.

Gris, negro y... azul zafiro, con un naranja tan vívido que le recordaba el cielo de la isla durante una puesta de sol. Damaso se detuvo, con el corazón acelerado.

La había encontrado.

En lugar de un traje de chaqueta llevaba un vestido de manga corta que dejaba sus brazos al descubierto. Parecía un rayo de sol entre todos esos colores pastel. Cuando movió la cabeza, la mezcla del oro de su pelo, el azul y el naranja parecían atraer toda la luz. Llamaba la atención incluso por la espalda.

Damaso apresuró el paso. Llevaba el collar que le había regalado y se preguntó qué significaba que se lo hubiera puesto aquel día, en un evento que sería televisado para todo el mundo.

Los murmullos se convirtieron en voces y el edecán llegó a su lado. Estaba diciendo algo, seguramente que se fuera de allí, pero Damaso no le prestaba atención.

Marisa hablaba con el hombre que estaba a su lado; un hombre de mentón cuadrado, ancha frente y rostro tan apuesto que no parecía real. O tal vez era el uniforme que llevaba: chaqueta blanca con galones de oro y doble botonadura y una banda de color índigo que hacía juego con sus ojos.

Damaso apretó los puños. ¿Era ese el hombre con el que, supuestamente, iba a casarse?

En lugar de repudiarlo, Marisa estaba charlando con él. Y cuando puso una mano en su brazo, Damaso sintió una furia ciega.

—De verdad, señor, tiene que acompañarme. No puede estar aquí...

—Ahora no —lo interrumpió él, con un rugido que hizo recular al hombre. Todos se volvieron para mirarlo.

—¿Damaso? —exclamó Marisa.

Atónita, miraba al hombre que bloqueaba el pasillo de la catedral como si no creyera lo que estaba viendo. A pesar del elegante traje de chaqueta, el perfecto corte de pelo y el rostro bien afeitado, había algo salvaje en él.

—¿Cómo has llegado hasta aquí? —le preguntó, intentando disimular su emoción.

Cyrill no habría invitado al padre de su hijo.

—¿Eso importa? —Damaso apartó a un par de edecanes que intentaban echarlo de la catedral. Tenía un aspecto tan imponente y peligroso como un felino enjaulado.

Marisa sacudió la cabeza. No, no importaba. Lo único que importaba era que estaba allí.

—Ven —dijo él, ofreciéndole su mano.

—Pero tengo que quedarme para la ceremonia. Empezará en unos minutos...

—No he venido para la ceremonia. Estoy aquí por ti.

El tono de Damaso hacía que su pulso se acelerase. Ella valoraba su independencia, pero esa actitud tan posesiva despertaba un primitivo anhelo.

Tras ella, varias mujeres empezaron a abanicarse.

—Marisa —intervino Alex— ¿quieres que me encargue de esto?

Antes de que ella pudiera responder, Damaso dio un paso adelante, tirando una silla vacía para detener al hombre uniformado que había aparecido como refuerzo.

–Marisa puede hablar por sí misma, no te necesita a ti.

Nunca lo había visto tan amenazador. Sus ojos brillaban de furia.

–Damaso, por favor.

–¿Quieres que me vaya? De eso nada, querida. No vas a librarte de mí tan fácilmente.

–No quiero librarme...

–Tenemos que hablar, Marisa. Ahora.

–Después de la ceremonia –dijo ella, señalando la silla en el suelo–. Estoy seguro de que podrías sentarte...

–Si crees que voy a dejarte con él –Damaso señaló a Alex– te equivocas. Sé que tú no quieres estar aquí. No dejes que te obliguen.

Alex se levantó entonces y Marisa hizo lo propio, abriendo los brazos para separarlos.

–No hagáis tonterías. Y no provoquéis una escena, todo el mundo está mirando.

–¿Vas a venir conmigo? –el acento de Damaso era más marcado que nunca.

–No sé qué pretendes, pero...

De repente, estaba en los brazos de Damaso, aplastada contra su torso mientras las cámaras de televisión grababan el momento.

–Marisa –la llamó Alex.

Estaba a punto de lanzarse sobre Damaso porque no sabía que lo único que deseaba era estar entre sus brazos.

–No pasa nada, estoy bien.

Sin decir una palabra más, Damaso tiró de ella para sacarla de la catedral.

Tal vez los paparazis tenían razón, había perdido la dignidad. En lugar de mostrarse ofendida por tan escandaloso comportamiento, estaba emocionada.

Debía importarle de verdad.

No se portaría de esa manera a menos que le importase.

—Podrías haberme llamado por teléfono.

—Lo tienes apagado –dijo él, entre dientes–. No me habías dicho que venías a Bengaria.

Marisa levantó una mano para tocar su cara. Estaba ardiendo.

—Porque pensé que si te lo contaba me seguirías.

—Querías venir sola para ver a ese hombre con el que tu tío quiere que te cases.

—¿Lo sabes? –exclamó ella, sorprendida.

—¿Es por eso por lo que has venido? ¿Para comprometerte con ese niño bonito a quien le importa un bledo quién seas de verdad? ¿Un tipo al que le da igual que estés esperando el hijo de otro hombre?

Marisa oyó murmullos de sorpresa a su alrededor, pero solo tenía ojos para Damaso. En su rostro no solo había enfado sino dolor, angustia y miedo.

Y le dolía en el alma verlo sufrir.

—No dejaré que lo hagas. No es hombre para ti, Marisa.

—Lo sé –dijo ella.

—¿Lo sabes?

Nunca lo había visto tan angustiado. ¿Podría ser cierto? ¿Podría haber ocurrido el milagro?

—No estoy aquí para casarme con otro hombre –Marisa puso las manos en su torso, sintiendo los salvajes latidos de su corazón–. Estoy aquí porque soy la princesa de Bengaria y acudir a la coronación es mi deber. Este es mi país, aunque no piense residir aquí de forma permanente.

–¿Dónde piensas vivir? –le preguntó Damaso.

–Brasil me parece un buen sitio.

–¿Entonces no vas a dejarme?

Ella negó con la cabeza y cuando Damaso suspiró, por primera vez vio su alma. Un alma llena de anhelo, dolor y determinación.

–Vas a casarte conmigo –era una afirmación, no una pregunta, pero Marisa asintió con la cabeza.

–¿Por qué?

–Yo podría preguntarte lo mismo.

–¿Por qué quiero casarme contigo?

Aquel no era el mejor sitio para mantener esa conversación, pero nada, ni el protocolo ni un desastre natural podrían detenerla. Tenía que saberlo.

–Sí.

Damaso esbozó una sonrisa que transformó su rostro.

–Porque quiero pasar el resto de mi vida contigo –respondió, sus palabras una caricia invisible, su mirada oscura prometiendo un regalo mucho más precioso que cualquier título nobiliario–. Porque te quiero.

Marisa intentó contener las lágrimas.

–Dilo otra vez.

Damaso levantó la cabeza y cuando habló sus palabras resonaron en toda la catedral.

–Te quiero, Marisa, con todo mi corazón, con toda mi alma. Y quiero ser tu marido porque no hay ninguna mujer en el mundo más perfecta que tú.

¿La amaba?

Marisa intentó contener un sollozo, que escapó de su garganta como un hipo de desesperada felicidad. Nunca en su vida había sentido algo así.

–Dime por qué quieres tú casarte conmigo –murmuró Damaso, mirando su abdomen.

Estaba pensando en su hijo, pero esa no era la razón.

–Porque yo también te quiero. Te amo con todo mi corazón y no podría casarme con otro hombre.

A su alrededor, los murmullos aumentaron de volumen. Incluso oyó algunos aplausos.

–Llevo tanto tiempo enamorada de ti –siguió, poniéndose de puntillas para hablarle al oído–. Parece que he despertado a la vida desde que estoy contigo.

–¿Quieres quedarte para la ceremonia ya que has venido hasta aquí? –le preguntó Damaso, con voz trémula.

–Prefiero estar con usted, *senhor* Pires. Llévame a casa.

La sonrisa de Damaso iluminaba toda la catedral. Dos mujeres suspiraron mientras pasaban a su lado por el pasillo.

–Y me acusan a mí de ser escandalosa. Tu comportamiento ha sido imperdonable –dijo Marisa, tomando un sorbo de agua mineral en el jet privado que los llevaba de vuelta a Brasil.

Era suya, pensó Damaso. Absolutamente suya.

Sentía algo en el pecho... ¿alivio, triunfo, felicidad? Le daba igual lo que fuese, era la mejor sensación del mundo. Parecía a punto de explotar de felicidad.

–A tu tío se le pasará.

–Lo dudo. Cuando le dijiste que no podía quedarme a la ceremonia porque teníamos otros planes... pensé que iba a darle un ataque –Marisa sacudió la cabeza–. Haciéndole sombra el día de su coronación, qué falta de decoro.

–Tú no habrías sido feliz con ese niño bonito –dijo Damaso. Solo él podía darle lo que necesitaba porque era el hombre del que estaba enamorada.

–Claro que no.

–Ni siquiera tuvo valor para intentar detenerme –siguió él, como un niño petulante.

–¿Te refieres a Alex? Él no es el hombre con el que Cyrill quería casarme.

–¿Ah, no?

–No, Alex es un buen amigo.

–Pensé que no tenías amigos en Bengaria.

Marisa se encogió de hombros.

–Bueno, era más amigo de Stefan que mío. Hacía años que no nos veíamos. Pero no, no es hombre para mí.

–Pero yo sí lo soy –Damaso pensaba asegurarse de que así fuera y disfrutar de ello cada día de su vida.

–Desde luego que sí –Marisa levantó una mano para acariciar su mejilla y experimentó una increíble sensación de paz–. Soy mejor persona desde que estoy contigo, Damaso. Me siento orgullosa de lo que hago, segura del futuro. Me has dado fuerza para enfrentarme con todo.

–Eras fuerte ante de conocerme.

Ella negó con la cabeza.

–Cuando vi que tú eras capaz de enfrentarte con el pasado y seguir adelante me di cuenta de que había sido una cobarde al no enfrentarme con Cyrill. Por eso volví a Bengaria, para demostrarle a él, y a mí misma, que soy feliz siendo quien soy. Tal vez no sea lo que todo el mundo espera de una princesa, pero da igual.

–Eres perfecta tal y como eres –Damaso puso una mano en su abdomen, que había crecido en esas semanas. Su mujer, su hijo...

Marisa tomó un sorbo de agua con expresión seria.

–¿Qué pasa? ¿Te encuentras mal?

Ella se encogió de hombros.

–No, todo es perfecto.

Pero su sonrisa no era tan radiante como antes. Damaso inclinó a un lado al cabeza.

–Te ocurre algo. Cuéntamelo.

–No, de verdad...

–No me escondas nada. La sinceridad es una de las cualidades que más admiro en ti, Marisa. Dime la verdad y si ocurre algo lo resolveremos juntos.

Marisa lo miraba como si quisiera leer sus pensamientos.

–Me gusta que quieras ser un buen padre para nuestro hijo –empezó a decir.

–¿Pero?

–Pero... –Marisa se mordió los labios y ese gesto le recordó los primeros días en la isla, cuando rechazó su oferta de matrimonio. Un hijo no le parecía razón suficiente para casarse.

–Pero tienes miedo de que solo quiera a nuestro hijo –murmuro él– y no a ti. Quiero a nuestro hijo, amor mío, y me esforzaré para ser el mejor padre posible –Damaso sabía que ese sería un reto mayor que cualquier negocio–. Pero aunque no estuvieses embarazada, aunque nunca hubiese un hijo, te querría con todo mi corazón –Damaso le quitó el vaso y lo dejó sobre una mesita para tomar sus manos, que temblaban. O tal vez eran las suyas–. Eres el sol y las estrellas para mí, Marisa. Me has enseñado que no es mi negocio lo que me define sino a quién amo y quién me ama a mí.

Mientras besaba sus manos, disfrutando del aroma a manzanas verdes y a limón, supo que ese sería siempre su perfume favorito.

–Cariño...

–No sabía que pudiese amar hasta que tú apareciste en mi vida.

Marisa tenía los ojos llenos de lágrimas, pero su sonrisa era lo más hermoso que había visto nunca y Damaso clavó una rodilla en el suelo.

–¿Quieres ser mía para siempre? No tienes que casarte conmigo si no quieres...

En esa ocasión, fue Marisa quien puso un dedo sobre sus labios.

–Me casaré contigo, Damaso. Quiero que todo el mundo sepa que eres mío –su sonrisa era incandescente–. Soy una princesa acostumbrada a dar escándalos, pero estoy dispuesta a ser respetable mientras sea contigo.

–Ah –Damaso la tomó en brazos para llevarla al dormitorio del jet privado–. Qué pena. Yo esperaba algo de comportamiento escandaloso.

Marisa alargó una mano para aflojar la corbata, que tiró por encima de su hombro con una sonrisa de pura seducción.

–Seguro que eso puede arreglarse, *senhor* Pires.